LIGNE DE BUT

Harrisburg Railers #6

_____

RJ SCOTT

V.L. LOCEY

Translated by

ALEXIA VAZ

Love Lane Books

Ligne de but **(Harrisburg Railers #6)**

Copyright © 2018 RJ Scott, Copyright © 2018 V.L. Locey, Copyright © 2022 Version française

Couverture par Meredith Russell

Corrigé par Sue Laybourn (version originale)

Traduit par Alexia Vaz

Publié par Love Lane Books Limited

ISBN - 9781785646515

Tous droits réservés

Dédicaces

À ma famille, qui m'accepte avec toutes mes manies et mes excentricités. Même la banane en plastique dans mon étui de revolver. ~ V.L. Locey

Comme toujours, à ma famille. ~ RJ Scott

Newsletter

Inscrivez-vous pour suivre les sorties des romans en français.

rjscott.co.uk/NL-FR

LIGNE *de but*

— HARRISBURG RAILERS 6 —

RJ SCOTT & V.L. LOCEY

Love Lane Books

Chapter Un

BRYAN

SURVEILLE TEN, IL VA T'ATTIRER DES ENNUIS.

Voilà tout ce que le SMS disait, et je le relus à plusieurs reprises, comme si davantage de mots allaient apparaître. J'ignorais pourquoi je cherchais de l'affection dans un message qu'Aarni m'envoyait parce que, d'après mon « petit ami », il n'était pas démonstratif. Il me faisait toujours remarquer que quelqu'un pouvait me prendre mon téléphone. Dans ce cas-là, on serait au courant qu'Aarni Lankinen, le méchant des Raptors d'Arizona, n'était pas ce qu'il prétendait face aux autres. Il n'était pas le play-boy qui se tapait chaque femme à portée de main. Ils sauraient qu'il avait un petit ami dans l'ombre et que c'était moi.

Le téléphone sonna et je décrochai dès que je vis son nom. Aarni n'était pas l'homme le plus patient du monde et il aimait quand je répondais rapidement.

— Tu as reçu mon message ? demanda-t-il sans préambule.

— Oui.

— Ne me laisse pas tomber maintenant.

J'eus le sentiment, quand il rit, qu'il s'attendait à ce que je le fasse. Je n'étais toujours pas sûr de savoir ce qui compterait comme « le laisser tomber ». Mais étant donné le genre de personne que j'étais (maladroit, discret et uniquement concentré lorsque je portais ma tenue de hockey), j'allais certainement merder.

Les Raptors d'Arizona m'avaient choisi lors d'un échange en 2014, juste après mon dix-huitième anniversaire. J'étais le deuxième meilleur gardien échangé cette année-là, quelque chose dont je pouvais être fier, à mon avis. Mais je n'avais pas réussi à maintenir un aussi haut niveau dans la NHL et j'avais passé le reste du temps dans l'équipe espoir des Raptors à Tucson. Jusqu'à l'année dernière, quand j'avais réellement commencé en tant que gardien, puisque les deux autres avaient été blessés.

Je n'avais pas été incroyable et on m'avait mis en disponibilité, me laissant vulnérable à n'importe quel club qui voudrait de moi. Ma confiance avait été balayée. J'étais un bon gardien pour l'équipe espoir, mais à la minute où j'arrivais au niveau NHL, je m'étouffais. Pourquoi diable les Railers désireraient-ils quelqu'un qui n'avait pas été à la hauteur de ses promesses ? J'avais supposé que je me rendrais dans leur camp d'entraînement et que ça n'irait pas plus loin. Ils allaient me pousser à intégrer l'équipe espoir des Railers et j'y resterais.

Ce n'était pas une mauvaise chose, sauf qu'ils m'avaient déconnecté de l'Arizona ainsi que d'Aarni et que c'était la première fois que je me retrouvais vraiment tout seul.

— Allô ? Tu m'écoutes, au moins ? cracha-t-il.

— Évidemment que je ne vais pas te laisser tomber, mentis-je.

Je suis un bon gardien, j'arrête des palets, je peux être fort et concentré, rester dans ma bulle pour repérer les joueurs devant moi.

Pourtant, Aarni savait la même chose que moi : j'allais m'étouffer au niveau NHL, tout comme je l'avais fait la majorité du temps avec les Raptors.

Je ne suis pas prêt. Je devrais retourner avec les jeunes.

— Et ne te mets pas trop à l'aise, là-bas. Ils ne vont pas te garder longtemps.

— Je sais.

— Et n'oublie pas que les Railers sont des trouducs. Ne leur fais pas confiance, particulièrement le petit génie, Rowe. Ce salaud arrogant.

Je ne considérais pas du tout Ten comme prétentieux, mais après tout, je basais mon jugement sur des interviews télévisées, y compris celle qu'il avait donnée avec Jared quand ils avaient annoncé leur relation. J'avais été fier d'eux pour leur geste et une part de moi, sombre, cachée et abîmée, était verte de jalousie à l'idée qu'ils puissent être en couple aux yeux de tous.

Je l'avais dit à Aarni, mais il avait mal réagi et ne m'avait pas parlé pendant trois jours. Sa déception avait été comme un coup de couteau dans le ventre et j'en avais détesté chaque seconde. Ça n'arriverait plus. Il avait raison. Ten était un champion de la Coupe Stanley, une superstar, et s'il y avait eu des joueurs de la Ligue nationale de hockey aux jeux Olympiques, je ne doute pas une seconde qu'il aurait été dans la sélection américaine. Aucune équipe ne lui demanderait de partir juste parce qu'il avait un petit ami. Ça ne semblait pas faire de mal aux Railers et leur réputation de tolérants envers les LGBT grandissait.

— Nom de Dieu, Bryan, tu suis ce coup de téléphone ou tu n'es pas là ?

Je revins au présent. Aarni avait dit que Ten était arrogant.

— Je n'oublierai pas, annonçai-je avec confiance pour qu'il croie que j'écoutais.

— Et souviens-toi que je ne suis pas avec toi pour surveiller tes arrières.

Il soupira profondément.

— Je m'inquiète qu'il n'y ait personne pour veiller sur toi quand tu t'attireras des problèmes. Surtout de la part de défenseurs comme Max Van Hellren. Ce salaud aurait dû être viré du match contre nous après ce qu'il m'a fait. Ce connard nous a fait perdre une chance de gagner le championnat. Je suis tellement content qu'il ait fini par s'effondrer. Il le méritait.

Ma poitrine se serra. Max ne faisait plus partie des Railers. Il avait pris sa retraite après la victoire et la coupe, mais Aarni avait raison. Il y aurait d'autres personnes pour le remplacer. Aarni avait été furieux, même méchant, après ce que ce joueur lui avait fait en le collant contre les panneaux de protection. Mais il s'était finalement calmé et avait dit que Max allait voir ce qu'il allait voir la prochaine fois que les deux équipes se rencontreraient. Il avait été déçu quand le défenseur avait pris sa retraite.

Aarni était néanmoins quelqu'un de bien. Il était le seul à s'être impliqué quand le harcèlement des Raptors était devenu trop difficile à gérer. Lorsque les mecs de ce vestiaire toxique s'acharnaient sur moi. Je n'avais joué que quelques matchs à ce niveau avec les Raptors et je les avais tous loupés. Ils avaient détesté ça, mais Aarni avait été là pour moi.

Il comprenait apparemment quand le reste de l'équipe allait trop loin et intervenait toujours avant que je fuie la pièce en courant. Il m'avait tellement aidé, mais il était en Arizona, autant dire à l'autre bout du monde.

— Tout ira bien pour moi, murmurai-je.

La peur s'empara à nouveau de mon corps quand je songeai à ce que j'allais devoir affronter avec cette nouvelle équipe.

— J'en doute.

Il soupira.

— Mais tu n'étais pas assez bien pour que les Raptors te gardent, donc tu n'as pas le choix et on ne peut rien y faire, n'est-ce pas ?

— Non.

Il avait dû entendre le désespoir dans ma voix. Je n'avais pas voulu que les Raptors m'abandonnent, mais c'était le hockey. Un jour, je m'étais réveillé dans l'Arizona, en tant que remplaçant des gardiens, à merder tous les matchs, et le lendemain, l'équipe m'avait mis en disponibilité et j'étais soudain sous la neige de Pennsylvanie.

— Bon garçon.

Ce fut tout ce qu'il dit, mais c'était suffisant.

Il raccrocha. Toutefois, ces deux mots me lancèrent des frissons dans la colonne vertébrale et je calmai ma respiration avant d'ouvrir la portière de la voiture. La sécurité m'avait laissé entrer sur le parking des joueurs et ma Toyota se retrouvait à côté d'une Porsche rouge sexy. Mon salaire avait augmenté, avec les trois millions que je touchais pour ce contrat de deux ans, donc il me faudrait probablement un nouveau véhicule.

Même si les Railers voyaient clair en moi et

m'envoyaient faire ma valise, j'aurais tout de même assez d'argent pour m'acheter un bolide.

— Salut, m'appela quelqu'un derrière moi.

Je supposai aussitôt que j'étais garé au mauvais endroit. L'homme était un gardien en uniforme, grand, musclé, et me souriant de façon bienveillante.

— Je suis désolé. On m'a dit de me garer ici.

— Bien sûr. Bryan Delaney, c'est ça ? demanda-t-il.

Il tendit la main pour que je la serre, ce que je fis immédiatement après avoir essuyé ma paume moite sur mon jean.

Je me rendis compte que je n'avais pas répondu à sa question.

— Ouais, Bryan.

— Bienvenue.

Il se montra du pouce.

— Je m'appelle Pete. Ils ont dit que je devais avoir l'œil sur le nouveau.

Il laissa tomber sa main et je m'obligeai à sourire, même si mon estomac bouillonnait.

— Merci.

— Par ici.

Il discuta de la météo, de la vie, du hockey, et il me parla de sa sœur qui vivait en Arizona. Quand il me déposa devant un bureau, j'en savais déjà assez sur lui pour écrire un livre. Le truc, c'est que les conversations banales calmaient mes nerfs et, de plus, je n'allais pas dans ce bureau à l'aveuglette. Je connaissais le nom sur la porte, Alain Gagnon, ancien gardien de but de Vancouver et l'un des meilleurs dans sa discipline. J'avais fait un Skype avec lui, puisqu'il était coach pour les gardiens des Railers lorsqu'ils m'avaient fait signer le contrat. Il considérait mon arrivée comme quelque chose de positif, quelque chose de *génial*. Moi, tout ce à quoi je pensais, c'était mon échec en NHL avec les Raptors, et je me souvenais d'avoir été obligé de voir Aarni pour qu'il me prenne dans ses bras.

Bien sûr, celui-ci avait affirmé qu'il n'était pas nécessaire de m'étreindre, mais il m'avait rassuré en me disant que peu importait comment je jouais, il me soutiendrait toujours. J'avais eu besoin de réconfort. Ses conseils restaient dans mon esprit, encore maintenant.

Je veux juste que tu te rendes compte de ce que tu es et de quelle sera ta place dans l'équipe. Ten agit comme un ami, mais il ne tiendra pas à toi de la même manière que moi. Stan ? Il arrête parfois le palet par chance et quant à ce connard de Van Hellren ? Tu as vu ce qu'il m'a fait lors de notre dernière rencontre. J'aimerais que tu ne sois pas naïf, Bryan. Il est peu probable que tu sois titulaire dans beaucoup de matchs, donc ne sois pas déçu quand tu seras envoyé chez les espoirs.

Je ne serais pas déçu. Je l'avais promis à Aarni et je m'étais juré de ne pas être trop impatient et impliqué.

Pete frappa à la porte, puis se retourna et partit après m'avoir adressé un clin d'œil. Je fus donc tout empourpré en entrant dans le bureau, encore plus quand je me retrouvai face à un grand Russe qui me sourit et me serra la main.

— Ravi de rencontrer toi, tonna Stanislav Lyamin.

Il me donna une claque sur l'épaule. Stan était un très bon gardien, large, fort et immense. J'étais grand, oui, mais pas aussi solide que lui. Il était l'un de mes héros, quelqu'un que je respectais, et voilà qu'il me serrait la main comme si je méritais son temps.

J'en fis de même avec celle d'Alain. Il me fit signe de

m'asseoir et Stan prit la place à côté de moi. Visiblement, celui-ci n'arrivait pas à rester calme, continuant à gigoter sur sa chaise et donnant l'impression de vouloir dire quelque chose.

Alain secoua la tête et lui lança un regard appuyé.

— Vas-y, Stan.

Le gardien se tourna et je l'imitai. Nous étions donc face à face. Je devais me méfier de cet homme. Il était une telle force dans les Railers. Même si son anglais n'était pas terrible, il pouvait être aussi blessant qu'un gardien des Raptors.

— Contre les Jets. Quinze février. Bon arrêt.

Il décrivit des formes en l'air avec ses mains et je me rendis compte qu'il me demandait quelque chose de spécifique. Quelque chose que j'avais fait, peut-être ? J'avais joué au niveau NHL trente-six fois en quatre ans et je me souvenais clairement de chaque match auquel j'avais participé avec les Raptors d'Arizona. Soufflant, Stan sortit son téléphone, fit défiler l'écran et me le mit devant le nez en le secouant pour que je le prenne. Je saisis prudemment le portable et l'observai. Je me vis en vidéo.

Attendez, était-il en train de parler de mon arrêt contre les Jets ? Impossible. Je devais être le seul à me souvenir de ce match.

J'avais effectué le meilleur arrêt de toute ma carrière. Un fou s'était précipité directement sur moi et je ne pouvais pas discerner qui il y avait derrière lui, mais j'avais entendu ce qu'il avait fallu, les patins sur la glace, le craquement d'un palet sur les crosses et j'avais instinctivement su où bouger. La chance avait joué un grand rôle dans cet arrêt, mais curieusement, Stan était au courant et voulait que *je* lui en parle.

— Je m'en souviens, déclarai-je alors qu'il attendait impatiemment.

— Génial, annonça-t-il.

Il s'enfonça ensuite sur sa chaise, croisant les bras sur son torse, un large sourire sur son visage.

— Génial, répéta-t-il. Bon vieux temps, non ?

— Bon vieux temps, confirmai-je parce qu'il avait visiblement besoin d'une réponse.

Alain rit avec lui.

— Bon, maintenant que tu as fini de jouer le fan hystérique, on peut se mettre au travail. Bryan, je veux que tu ailles t'entraîner avec Stan, aujourd'hui, pour t'habituer à la nouvelle glace. Le coach Madsen a un briefing avec les défenseurs et tu y assisteras, d'abord.

Il feuilleta des papiers devant lui et s'éclaircit la gorge.

— Nous avons du boulot.

Évidemment qu'ils avaient du boulot avec moi. Les Raptors pensaient que je ne méritais pas d'être titulaire lors d'un match, donc je me disais que je devrais me considérer chanceux qu'un autre club ait envie de tenter le coup avec moi.

— Oui, répliquai-je.

— Tu es ce dont l'équipe a besoin.

Alain se pencha en avant, me lançant un regard si intense que ce fut à mon tour de me tortiller sur la chaise.

— Pour être honnête avec toi…

Et voilà.

— Je te voulais il y a un an, mais évidemment, je n'ai pas pu t'avoir. J'étais choqué qu'il t'ait mis en disponibilité et nous avons besoin d'un remplaçant solide pour Stan. J'ai hâte de voir ce que tu peux faire.

— Ah bon ?

Attendez. Je venais de le dire à voix haut ?

Alain ne sembla pourtant pas entendre la surprise dans mon ton, ou du moins, il ne réagit pas.

— Je veux commencer aujourd'hui pour que tu sois paré lors de nos premiers matchs consécutifs et je te veux dans ce but. Prêt à tenter ta chance ?

Non.

— Je suis honoré de faire partie des Railers, déclarai-je plutôt.

Stan ouvrit la porte pour moi et me suivit lorsque je sortis. Nous rencontrâmes un tas de joueurs de hockey, fourmillant devant le bureau du coach des gardiens. Je les reconnus tous et ce fut Connor Hurleigh, le capitaine, au moins pour cette année, qui s'avança. Tout le monde supposait que Ten serait capitaine un jour, mais désormais, c'était Connor qui menait l'équipe.

— Bienvenue chez les Railers.

Je serrai sa main et m'obligeai à sourire.

— Je suis ravi d'être là.

Un par un, les membres du groupe m'accueillirent et je gardai des réponses simples. Inutile de donner une chance à quiconque de voir en moi quelque chose qui pourrait être exploité.

Ne te dévoile pas, m'avait prévenu Aarni.

Certaines expressions des joueurs restaient confuses à cause de mes répliques succinctes, mais ils ne dirent rien. Peut-être qu'ils étaient habitués à Stan, qui était tout en bruit et en couleurs.

Eh bien, ce n'était pas ce qu'ils obtiendraient avec moi.

— Tu parles à ta cage ? s'enquit Adler Lockhart.

Il était l'un des meilleurs causeurs de la ligue, il avait toujours une répartie malicieuse ou désinvolte pour blesser un adversaire. Curieusement, il ne se faisait jamais prendre et n'était jamais puni pour provocation. S'il y avait une bagarre sur la glace, on savait bien qu'Adler avait un rapport avec tout ça. Je devais faire attention avec lui.

— Non, répondis-je.

Je serrai ensuite sa main derrière Connor.

— Oh.

Il sembla déçu, puis son visage s'illumina.

— Ça doit juste être un truc de Russe bizarre alors.

Il se baissa lorsque Stan lui mit une claque sur le crâne et je reculai. La situation pouvait dégénérer. Elle n'en eut cependant pas la chance, puisque quelqu'un arriva au coin et s'arrêta à côté de Connor. J'étais face à Tennant Rowe, un phénomène du patin et l'objet de dérision d'Aarni. Que pouvais-je dire à l'homme qui était le visage de l'équipe et l'un des meilleurs joueurs de la ligue depuis longtemps ?

— Ten, se présenta-t-il d'une voix essoufflée en me tendant la main.

J'étais muet. Il était mignon. Si c'était un mot qu'on pouvait utiliser pour un mec. Tout en angles, avec un large sourire et des yeux brillants. Il me serra la main et attendit ma réponse.

— Salut.

C'était suffisant pour être poli et pas assez pour me mettre sur le radar d'un joueur quelconque.

Je fus attiré dans le couloir, vers une porte portant le nom de Jared Madsen, et ce fut le moment. Avec Stan près de moi, ma première journée en tant que membre des Railers à l'entraînement commençait.

Je ne fus pas nerveux. Pas vraiment. Tout ce que j'avais à faire, c'était être là, dans une équipe qui avait gagné la *foutue* coupe Stanley, et m'intégrer correctement en tant que gardien remplaçant.

Pas de pression.

Je pouvais tout merder, j'allais *probablement le faire* et ils allaient à nouveau m'échanger. Mais pas aujourd'hui.

L'ENTRAÎNEMENT FUT INTENSE. Il était toutefois différent de ceux auxquels j'avais assisté avec les Raptors. Les joueurs étaient concentrés, mais il y avait également une légèreté dans les conversations que j'entendais. Je ne me joignis pas à elles, je pris seulement mon tour dans les filets, mon casque Raptors, écarlate et doré, jurant avec le maillot bleu des Railers que j'arborais par-dessus mon équipement. Alain m'éloigna pour travailler sur mon côté avec bloqueur, toujours le plus faible, et il tapa mon casque.

— On va voir si on peut te trouver autre chose. Tu portes un Itech ?

— Oui, avec un masque.

— Tu vas avoir un nouveau design, maintenant ?

Mon casque était classique et ne possédait pas les bonnes teintes. Il n'y avait rien de plus détaillé, niveau design, à part la couleur qui montrait qu'il était le mien. Il n'y avait pas de nom, de photo ou de thème inspirant. Simplement des références à la ville de Tucson, le cactus saguaro standard au milieu du désert. C'était suffisant pour le distinguer et pas assez pour que cela signifie quoi que ce soit.

J'avais un jour envisagé de mettre le nom d'Aarni, quelque part dessus, mais il avait ri quand je lui avais dit.

C'est la façon la plus rapide pour que les gens soient au courant pour nous, et pourquoi tu ferais ça, d'abord ?

— J'imagine.

J'allais probablement utiliser le bleu sombre des Railers et peut-être quelques lignes horizontales génériques d'Harrisburg. Ainsi, quand je serais envoyé chez les espoirs, cela serait toujours approprié.

— Je vais le dire à Stan.

Il patina jusqu'au gardien, qui repoussait efficacement les palets jetés par un Dieter Lehamn déterminé. Il lui dit quelque chose et alors même que Stan lui répondait, il continuait de bloquer ces foutus tirs. Je ne serais jamais aussi doué que ça. Une mélancolie familière me consuma et je secouai la tête pour m'éclaircir les idées. J'étais mon propre pire ennemi, d'après Aarni, et généralement, il avait raison.

Je serai aussi bon. Je peux être aussi bon.

Douché et habillé, avec mon jean et mon pull à capuche, je laçai mes baskets et passai ma veste sur mon bras avant d'attendre Stan, comme on me l'avait demandé. Il m'emmenait voir l'artiste qui s'était occupé de son casque, véritable représentation de la force, avec des poutres en acier et la vapeur d'un grand et vieux train. La sévérité de l'image était adoucie par un petit lapin poilu sous lequel était écrit *Noah* en calligraphie cursive. Il y avait également une montagne ainsi que de la glace. Il aurait pu s'agir de n'importe quelle chaîne de montagnes, mais elles devaient signifier quelque chose pour Stan. Divers Pokémon étaient éparpillés sur la grille protégeant son visage. Ils étaient si minuscules que je pouvais à peine les distinguer individuellement, mais chacun portait un nom. Je reconnus les mots *Ten* et *Adler* donc cela devait représenter l'équipe ou quelque chose comme ça.

— Prêt ? gronda Stan derrière moi.

J'arrêtai d'observer son casque et le suivis pour franchir la porte et partir directement vers un van. Ce n'était pas une Maserati ni une Porsche, mais un van digne d'une mère de famille, avec un siège pour enfant à l'arrière et des jouets colorés éparpillés partout. Il l'ouvrit et je montai, mais il fut rappelé par un de nos coéquipiers, Erik Gunnerson, un homme souriant avec des cheveux blonds bouclés incroyables. Ils discutèrent, leur tête proche l'une de l'autre, et après avoir ri, dans un mouvement fluide, Stan saisit le visage d'Erik pour l'embrasser profondément. Et je les contemplai.

Je n'aurais même pas pu détourner le regard si j'avais essayé. Là, sur le parking privé, Stan embrassait Erik. Devant tous les joueurs et moi. Lorsqu'ils se séparèrent, Erik posa les mains sur ses joues et l'observa avec amour et dévotion. Stan annonça quelque chose, se penchant pour se rapprocher de lui et ils s'éloignèrent enfin après un dernier baiser. Je fis comme si je n'avais pas regardé, mais je ne pus m'empêcher de remarquer un immense sourire.

Est-ce que Stan arrête de sourire, parfois ?

— On y va, déclara-t-il en revenant.

Erik grimpa dans la Porsche basse à côté de ma voiture et Ten prit le siège passager. Lorsqu'un joueur gagnait autant que lui et devait entretenir les apparences, il devait conduire une Porsche.

La voix d'Aarni emplit mes pensées.

Un jour, les gens se rendront compte que Ten n'est pas comme ça et que ce n'est qu'une façade.

Je serrai ma veste autour de moi tandis que Stan

allumait la radio et qu'une chanson d'Elvis s'élevait depuis les haut-parleurs. Mon coéquipier chantait à tue-tête et légèrement faux. J'aurais aimé pouvoir dire que sa joie intérieure était inspirante, mais j'avais juste l'impression que mes sens étaient dépassés. Lorsque nous nous garâmes devant le studio de cet artiste, j'avais un mal de tête et tout ce que j'avais en moi semblait tordu, gênant et mauvais. Quand je vis qu'il s'agissait d'un salon de tatouage, mon cœur plongea dans mes talons. La personne qui travaillait derrière ces portes glacées devait être jeune, conscient de la mode, confiant, artistique et tout. Et puis, il y aurait moi, le gamin canadien un peu embarrassant, qui ne resterait pas longtemps chez les Railers.

Et j'eus à nouveau la voix d'Aarni dans ma tête.

Aie des couilles, bon sang !

Chapter Deux

— Vous en êtes certain ?

Je devais le demander, puisque cela faisait partie de mon travail de tatoueur de m'assurer que mes clients étaient satisfaits de leur œuvre, non seulement maintenant, mais encore dans quarante ans. Se faire écrire le nom d'un amant de façon permanente n'importe où sur le corps était risqué. Quand vous aviez dix-neuf ans et que vous vouliez ce nom sur votre pénis ? Ouais, quelqu'un devait prendre le rôle de parent et avoir une discussion avec vous. Je n'étais pas père, mais seulement oncle, ce qui était plus ou moins la même chose, mais en mieux.

— Enfin, vous êtes vraiment sûr de vous, Tim ?

Le jeune homme acquiesça vigoureusement.

— J'aime Dixie.

— Je le comprends bien, mon pote, mais moi aussi j'aimais mon ancien petit ami, Rex. Jusqu'au jour où je suis rentré à la maison l'année dernière et que je l'ai vu en train de faire ses valises. Quand je lui ai demandé pourquoi, il a affirmé que ses sentiments pour moi avaient décliné et qu'il en était venu à tenir à moi comme il le ferait avec un chien.

Tim cligna des yeux, ses iris d'un marron doux devenant plus sombres.

— C'est dur.

— Ouais.

Je croisai les bras sur mon torse, attendant que l'amour extrême de Tim pour Dixie le pousse à dire qu'elle ne le quitterait jamais. Alors que son cerveau luttait pour digérer l'expérience que le bon vieux Gatlin avait partagée avec lui, une chanson d'ELO se jouait enfin, remplissant mon petit espace personnel ainsi que le reste du magasin.

— Voilà ce qu'on va faire, dis-je finalement.

Tim demeurait assis là, comme un opossum hébété.

— Je vais vous donner une semaine pour réfléchir à cette idée. Si vous revenez dans sept jours et que vous voulez toujours vous faire tatouer de façon permanente le nom de Dixie sur le pénis, je serai ravi de prendre votre argent et de faire le boulot. D'accord ?

Il était brisé. Je détestais être celui qui anéantissait ses espoirs, mais il y avait de grandes chances pour que Dixie et lui ne soient plus ensemble dans un an. Elle aurait probablement les mêmes sentiments pour lui que pour un chien. Oh. Putain de Rex. Un jour, je passerais outre cette séparation douloureuse. Ou pas.

— Ouais, bien sûr, d'accord. Dixie était vraiment enthousiaste à propos de ce tatouage…

Il se leva de sa chaise, qui ressemblait fortement à ce qu'on trouvait dans les salons de beauté, et s'en alla, les épaules basses et le pas traînant. Je passai mes mains sur mon visage et me levai du petit tabouret où je m'asseyais pour dessiner.

— Un autre rêve brisé, dit Jess alors qu'elle se glissait dans mon espace.

Ses iris bleus étincelaient de malice. Je jetai un coup d'œil à ma nièce, fronçant les sourcils avant de sourire. Elle me ressemblait tellement que c'en était effrayant. Mon grand frère, Garrett, disait toujours que s'il ne savait pas que j'étais gay, il aurait juré que j'avais couché avec sa femme et que Jessamyn était le fruit de notre relation.

— Il me remerciera quand Dixie le méprisera plus qu'elle ne désirera voir son propre nom sur une verge, répliquai-je.

Je tendis les mains au-dessus de ma tête pour m'étirer le dos. Des endroits craquèrent.

— Toutes les relations ne se terminent pas comme la tienne, me rappela-t-elle.

Elle avança jusqu'à mon poste de travail et redressa des photos sur les murs jaune moutarde. Jess était une déesse punk, de ses cheveux d'un rose étincelant à ses bottes de combat noires. Des tatouages que je lui avais faits parsemaient ses bras nus. Il s'agissait surtout d'encre vive avec des crânes et des bouteilles de poison. Garrett n'était pas du tout impressionné par les dessins sur sa peau. À mon avis, cela irritait sa façon de penser comme un banquier. Tout comme ma propre personne, mais il avait eu des années pour s'habituer au fait que son unique frère était un tatoueur gay.

— C'est vrai. Seulement *mes* relations se terminent toujours comme ça.

Je jetai un coup d'œil à la vieille pendule sur le mur, joliment arrangée parmi des photos de couples gay dans la quarantaine. Il y avait des clichés colorés de tatouages que j'avais effectués sur des clients et quelques posters encadrés faisant la promotion de concert de groupes de rock célèbres des années quatre-vingt-dix. J'avais également ajouté un montage d'œuvres d'art appliquées sur les masques de Stan Lyamin, ainsi que d'autres gardiens professionnels, et tout le travail qui me venait grâce aux recommandations et à la pub de Stan.

— Je fais une pause dans la romance jusqu'à mes quarante ans.

— Encore treize mois. Soit ton pénis va se flétrir, soit il va exploser.

Elle s'assit à mon bureau et feuilleta des factures.

— J'en doute.

Je soupirai, éloignai mes effets personnels et la laissai ouvrir le courrier du magasin. Elle était une experte en comptabilité et en organisation. C'était la raison pour laquelle je l'avais engagée dès qu'elle avait eu dix-huit ans, et Garrett ne pouvait se remettre du fait que sa fille travaillait ici plutôt qu'à la banque.

— Il n'y a rien de mal à vivre l'existence discrète d'un moine.

— Les moines ne se branlent pas quotidiennement.

— Moi non plus. Je devrais te virer pour ce genre d'insubordination.

Je perchai mes fesses sur la table pliante près de la bibliothèque. Jess me fit un signe avec la facture de téléphone, puis posa les pieds sur mon bureau, sa jupe gris-vert dévoilant une grande partie de sa jambe et le nouveau tatouage qu'elle avait fait deux mois plus tôt, soit un large papillon avec un crâne et des antennes en arc-en-ciel. Garrett avait été impressionné par celui-ci. Si péter une durite signifiait être impressionné.

— Hé, est-ce qu'on va chez Skipper Joe's, ce soir ?

Jess et moi regardâmes tous les deux l'embrasure de la porte. Woody, mon tatoueur à temps partiel, arriva dans la pièce. C'était un gamin marrant, du même âge que Jess, donc vingt-deux ans, grand et mince, avec des cheveux roux vif et un nez aquilin, ce qui était la raison pour laquelle je l'appelais Woody plutôt que Paul, son vrai nom. Je trouvais ça drôle. Dommage que j'aie dû lui expliquer le surnom quand je le lui avais donné la première fois. À certains moments, je me sentais si vieux.

— Comment tu es passé d'insubordination à Skipper Joe's ? demanda Jess.

Elle me tendit ensuite la facture de téléphone. Je commençai à chercher mes lunettes de lecture.

— Oh, tu as dit insubordination ? Je croyais que tu avais dit « j'adore la soumission » ou un truc de ce genre, ce qui était vraiment coquin.

Woody avait récemment fait son coming-out, découvrant le monde merveilleux des *daddies*, des bûcherons poilus et du cuir avec un goût que j'enviais parfois. Oh, si je pouvais être aussi vigoureux après dix heures de travail. Tout ce que je voulais, c'était une bière, écouter le match des Railers à la radio et un massage des pieds après le boulot. Mon Dieu, c'était triste. Peut-être que Jess en avait envie, mais les boîtes de nuit et les coups d'un soir n'étaient pas pour moi. Plus maintenant.

— Tu dois faire quelque chose pour te reprendre, commentai-je en tapotant mon vieux Levi's ainsi que mon t-shirt Aerosmith. Où sont mes lunettes, bordel ?

— Sur ta tête, ricana Jessie.

Elle bondit ensuite sur ses pieds quand la sonnerie annonça l'arrivée d'un nouveau client.

— Donc ouais, on pourrait boire un coup à Skipper Joe's. Je me sens un peu excité ce soir.

— Allez-y, tous les deux. Je n'ai aucun intérêt à passer du temps dans un club gay avec des minets en sueur qui pensent que Ronnie James Dio joue seconde base pour les Yankees.

Jess gloussa et contourna Woody, qui se tenait là d'un air stupide. Je soupirai, remis mes lunettes sur ma tête et regardai mon employé.

— Ronnie James Dio était un membre de Black Sabbath, Elf, Rainbow, Dio.

Woody grimaça et secoua la tête.

— Quitte cet endroit et ne reviens pas avant de pouvoir me donner le nom d'un album de Dio.

J'agitai la facture de téléphone dans sa direction, puis remis mes lunettes. Woody s'enfuit comme un chien battu. Je jetai un coup d'œil à la somme totale pour le magasin, me renfrognai, puis levai les yeux au moment où je vis mon espace de travail s'emplir grâce au gardien russe.

— Bonjour, monsieur mitrailleuse Gatlin, tonitrua Stan.

Il écarta les bras puis m'attira contre son torse pour une étreinte virile qui manqua d'écraser mes lunettes sur mon nez.

— Je fais toujours cette blague sur le nom.

Stan me donna une claque dans le dos. Je toussai une faible réponse, puis me dégageai. Je n'étais pas petit. Je faisais près d'un mètre quatre-vingt-deux, donc personne ne me qualifiait jamais de petit, mais en comparaison avec Stan, j'avais l'impression d'être un habitant du Comté.

— Cette blague est toujours marrante, dis-je à l'homme qui me surpassait avec son bras posé sur mon épaule.

— Je sais. Je fais des blagues marrantes. J'ai fait une

pour Tennant, aujourd'hui. Comment on rend un endroit plus dansant à Noël ?

Je commençai à répondre, mais Stan me devança.

— On met un *bout d'gui.*

Je ricanai.

— Elle est bonne.

Je captai un tissu bleu s'attardant dans l'embrasure de la porte. Un jeune homme en maillot des Railers se tenait là, avec des yeux marron et une bouche à propos de laquelle les poètes écriraient des sonnets. Il était grand, ses épaules étaient larges et son regard se posa sur le mien avant de se détourner. Bon sang ! le gamin était magnifique, ses longues jambes et ses bras ajoutaient à l'aura dégingandée qui l'entourait. Ses cheveux sombres étaient coupés court et accentuaient sa forte mâchoire. Mais ses yeux…

Ils étaient truffés de tristes secrets.

— J'ai d'autres blagues ! Que font les fleurs dans la patinoire ? Elles *fan* !

Stan hurla à cause de cette plaisanterie enfantine terrible. Je souris, puis gigotai pour m'éloigner de ce Russe exubérant.

— Adler a acheté à moi un livre rempli de blagues drôles.

— Tu as amené un ami ? m'enquis-je.

J'enlevai mes lunettes pour que le gamin n'ait pas l'impression que j'étais si vieux que j'en avais besoin pour lire la facture de téléphone. Que ce soit le cas n'était absolument pas la question.

— Oui ! Nouveau copain et bon gardien remplaçant pour les Railers, Bryan Delaney, m'informa Stan.

Il retira son bras de mes épaules pour que je puisse avancer vers Bryan et lui serrer la main.

— C'est vrai, on t'a acheté aux Raptors. C'est bien joué pour notre équipe, dis-je en lui tendant la main.

Il me jeta un coup d'œil, regarda mes doigts, le mur, Stan, puis glissa enfin sa paume sur la mienne. Sa peau était mouillée sous le coup de la nervosité.

— Tu suis le hockey ? me demanda Bryan.

Sa voix était douce et pourtant profondément masculine. Elle était assez plaisante, pour être honnête.

— Il n'y a pas grand-chose à faire à Harrisburg en hiver.

Je serrai plusieurs fois sa main, curieux qu'un joueur de hockey puisse être si timide. N'avaient-ils pas besoin d'être extravertis et sûrs d'eux-mêmes pour jouer un sport si violent et agressif ? Cet homme était un ensemble de contradictions dans un emballage sacrément sexy. Non pas que j'étais intéressé par l'emballage, bien sûr. Je me dégageai de la poigne de Bryan et laissai un peu plus d'espace entre nous.

— Vous êtes venus pour un tatouage ou juste pour rendre visite ?

— Nous faisons pas tatouage maintenant. Peut-être plus tard, quand on entraîne Bryan pour Pokéballs. Maintenant, on cherche joli art pour faire un masque extraordinaire comme le mien.

— Ah, d'accord.

Je m'approchai de mon bureau, jetai la facture de téléphone sur mon ordinateur portable, rangeai mes lunettes dans la poche avant de mon jean, puis me retournai vers Bryan, qui était toujours dans l'embrasure de la porte en train d'arborer une expression sauvage.

— Je serai heureux de travailler avec Bryan sur quelques croquis. Je vais juste avoir besoin d'informations basiques sur ce que tu voudrais que ton art reflète, des logos spéciaux ou des noms, ce genre de choses.

Bryan lança un regard méfiant à Stan, puis pinça les lèvres en une fine ligne qui me fit penser qu'il n'avait pas envie d'en parler maintenant.

— Si tu préfères, on peut convenir d'un autre rendez-vous pour que tu puisses y réfléchir. Pourquoi tu n'irais pas en discuter avec Jess, à la réception, et on prévoira une heure ou deux, juste pour travailler sur ce que tu veux ?

— Bien sûr, ouais, d'accord.

Sur ces mots, Bryan fit volte-face et disparut.

Je jetai un coup d'œil vers le couloir vide avant de me tourner vers Stan.

— Il est un peu timide, non ?

— Oh, oui, très timide, mais c'est normal pour nouveau joueur. Je suis aussi timide et modeste quand on parle des Railers.

— J'ai du mal à imaginer que tu puisses l'être.

Je ricanai lorsque le téléphone sonna sur le bureau, le bruit de cloche faisant écho dans le magasin.

— Bah, je suis très beaucoup timide. Je me cache dans les vestiaires, je sors que quand les chaussettes et les patins puent trop et que ma peau devient violette quand je retiens mon souffle.

Ça, je l'imaginais. Je gloussai à cause de l'homme qui était devenu plus qu'un simple client pour moi. Difficile de ne pas accueillir Stan Lyamin dans votre cœur, une fois que vous aviez appris à le connaître. La même chose pouvait probablement être dite à propos de Bryan

Delaney, avec ses beaux yeux mélancoliques. Non pas que j'étais intéressé par ce regard malheureux.

— Alors, parle-moi de la présaison, dis-je tandis que nous attendions le retour de Bryan. Ça se présente comment pour votre deuxième course à la coupe ?

— Oh, très bien.

Stan s'effondra sur une chaise, ses longues jambes étalées devant lui.

— On a fait bons échanges pendant l'été, comme Bryan, et on a beaucoup travaillé avec Trent aussi, pour aller plus vite. Nous sommes tous gracieux, maintenant.

— Oui, je parie que vous l'êtes.

Mon regard quitta Stan quand Bryan réapparut.

— Est-ce que tu as trouvé un horaire qui fonctionne pour toi ?

— Je… hum… demain à vingt heures ?

Il serra sa carte de rendez-vous noir et jaune.

— Ça me va. Généralement, je fais une pause à vingt heures pour dîner. On peut aller au bar de l'autre côté de la rue, pour prendre un burger et une bière, et on parlera de designs de masque.

Lui lancer mon sourire le plus rassurant ne sembla pas apaiser ses lèvres serrées, mais il acquiesça en guise de réponse. J'observai tour à tour chaque gardien.

— Stan, tu es plus que bienvenu si tu veux te joindre à nous.

— Oh, non ! je sors demain. Ma famille vient à la maison. Grande soirée ! Il y a un nouvel épisode de *Docteur Marcus Welby*, maman adore cette émission.

Je n'avais pas vraiment le cœur de lui dire que la série chérie par sa mère n'était pas inédite du tout. Elle était même probablement plus vieille que moi.

— D'accord, eh bien, il n'y aura que Bryan et moi, alors.

Mon attention se porta sur le Russe qui feuilletait des croquis pour avoir des idées de tatouages, puis sur le jeune homme qui n'était toujours pas entièrement entré dans mon espace de travail. Avait-il peur des aiguilles ? Non pas que j'en avais exposé. Ma boutique était immaculée, je m'en assurais. Toutes les règles et régulations de Pennsylvanie étaient suivies à la lettre.

— C'est ça. Il n'y aura que nous.

Bryan sortit de la pièce quand Stan se leva.

— Bonne nouvelle alors.

Mon ami m'offrit sa grande main, que je serrai. J'adressai un léger signe de tête à l'autre joueur et il me lança en retour un regard sous ses épais cils avant d'acquiescer, puis il quitta mon champ de vision.

— Tu fais briller le casque comme des carottes polies pour mon nouveau gardien ?

Des carottes polies ?

— Tu veux dire comme des carats polis ?

— Oui ! Brier comme des carottes dorées.

— Je vais faire de mon mieux.

Je souris, puis levai une main pour lui faire un signe. Je restai là un long moment, songeant au nouveau Railer et aux histoires cachées derrière ces beaux cils.

— Hé, ton prochain rendez-vous est arrivé.

Je sursautai légèrement quand Jess passa la tête par l'embrasure de la porte.

— C'est vrai. Rappelle-moi de qui il s'agit.

— La fille qui voulait des hirondelles sortant d'un pissenlit sur son poignet.

— Génial. Encore des hirondelles.

— Est-ce que quelqu'un a parlé de rondelle ? cria Woody depuis sa petite pièce à côté de la mienne.

— C'est l'heure de rentrer à la maison ? demandai-je à ma nièce.

Ça ne devrait plus être long.

— Non. Tu as encore quatre heures, petit chanceux !

Jess me lança un sourire radieux, puis sortit pour faire entrer ma prochaine cliente. Elle appréciait bien trop ce moment.

Dommage que je ne puisse pas partir plus tôt ce soir pour prendre une bière et un burger avec Bryan Delaney. Généralement, les jeunes hommes ne m'attiraient pas, mais il y avait quelque chose chez lui qui me donnait envie de mieux le connaître, de le toucher, d'apaiser les rides de stress autour de ses yeux et de passer un doigt sur sa lèvre inférieure quand il…

— Je suis tellement nerveuse ! Oh mon Dieu !

Les paroles de ma cliente me sortirent de ma rêverie.

— C'est mon premier tatouage. Ça sera douloureux ? Ce sera tellement cool ! J'adore cette idée ! Je l'ai vu sur Pinterest et j'en ai parlé à Gail. Elle veut regarder et décider si elle en veut un assorti. Je lui ai dit que c'était dans l'esprit, vous voyez ? Enfin, j'ai toujours ce sentiment quand je vois des oiseaux voler au-dessus de moi. Oh, waouh, vous avez beaucoup de tatouages. Qu'est-ce qu'ils signifient ? Ils sont si cool ! Mon frère a des barbelés sur ses biceps et je lui ai dit que ce n'était plus à la mode, maintenant. Vous pensez que le pissenlit peut être style aquarelle ?

Mon Dieu ! il *devait* être au moins minuit.

• • •

BRYAN

Nous nous focalisons sur des exercices de déplacement pendant une heure. Stan travaillait aussi dur que moi pour se concentrer. Il parla beaucoup pendant que nous répétions encore et encore les mêmes mouvements. Ce n'était pas vraiment à moi qu'il s'adressait, mais à la glace et aux palets.

À un moment, je jurerais l'avoir entendu appeler son palet Dog, mais je n'allais pas lui demander si j'hallucinais, hein ? Parce que les gardiens étaient étranges.

À mon avis, j'étais également bizarre, même si ce qui me différenciait n'était pas aussi apparent que pour Stan. Je ne parlais pas à ma cage, ou aux palets et je ne faisais pas des bruits de poulet chaque fois qu'un joueur cadrait son tir et que je l'arrêtais. Je ne gardais pas les yeux fermés quand j'étais dans un match ou quoi que ce soit, mais je ne me reposais pas seulement sur la vue, et c'était ce qu'il y avait de fou chez moi. J'écoutais, par-dessus tous les chants et la musique, le chaos des palets heurtant les panneaux derrière le filet. Je pouvais entendre les choses les plus singulières.

Personne ne m'avait jamais dit la même chose, donc je devinais que c'était unique, mais la glace avait un bruit distinct en fonction d'une centaine de facteurs. Chaque fois que j'étais dans la cage, je me baissais pour toucher la glace, juste du bout de mon doigt ganté. Tous ceux qui me regardaient pouvaient croire à un simple étirement, mais c'était bien plus que ça.

C'était une connexion, une compréhension entre nous pour que la surface froide me donne des informations pendant tout le temps où je me tiendrais là. Le craquèlement d'un palet fut ignoré quand l'éraflement discret d'un patin m'aida à me détendre. C'était Ten, qui arrivait dans ma direction. Je n'eus même pas besoin de chercher Arvid « Arvy » Ulfsson, le défenseur d'un mètre quatre-vingt-quinze qui me bloquait la vue, alors que nous travaillions sur la vision pendant le match. L'idée était qu'Arvy soit un écran efficace afin que je ne voie pas suffisamment Ten pour deviner son angle.

Mais je l'entendis. J'ignorais comment ça fonctionnait, je ne pouvais l'expliquer, mais je *l'entendais*.

C'était un patineur brillant et il avait sa façon discrète d'utiliser l'espace autour de lui. Il n'était pas tape-à-l'œil ni tapageur, mais déterminé et concentré. J'avais regardé beaucoup de vidéos de lui ces dernières semaines, depuis que j'avais découvert que je travaillerais avec les Railers.

Le truc, avec Ten, c'était qu'il était imprévisible. Il n'était pas du genre à toujours tirer depuis la gauche. Il était celui qui dansait et se balançait, puis faisait un cent quatre-vingts avant de réaliser un revers. Je l'avais vu effectuer une frappe en l'air, dépasser deux défenseurs, utiliser son pied pour récupérer un palet rebondissant, puis le jeter sur le gardien, côté gant, trouvant tout de même le petit espace dans le filet.

Il était si variable qu'il n'y avait aucune façon certaine de contrer ses tirs.

Je devais avoir de la patience et attendre la dernière minute. Écouter le chuchotement de ses patins et prendre en compte la manière dont Arvy se mouvait afin de deviner la position de Ten.

Néanmoins, le défenseur était doué. Il ne bougeait pas un muscle.

Pour moi, tout était une question de réaction. Il ne fallait pas seulement se baisser et stopper le palet. Si je me mettais à genoux, mon bouclier contre le sol et ma crosse protégeant l'espace entre mes jambes, j'étais sûr de laisser passer un but qui m'embrouillerait.

Je devais attendre Ten.

Lorsqu'il fit son mouvement, je fus là et bloquai le palet dans mon gant, avant de le recourber pour qu'il s'écrase sur la glace sans avoir la chance de rebondir. Je laissai échapper un cri de joie.

Il s'agissait peut-être de tirs d'entraînement, mais j'avais arrêté une frappe du *foutu* Tennant Rowe.

Merde. J'avais stoppé Ten.

Tout se figea dans la patinoire. Ou peut-être que c'était une impression ? Tout le monde regardait dans ma direction, non ? Pour me prévenir de ne pas embêter la star ? Je jetai un coup d'œil derrière Arvy à cet instant et vis Ten faire demi-tour.

Merde.

Il sourit et donna un léger coup de crosse dans mes protections, un vieux signe de reconnaissance, et il se mit ensuite à rire.

— Joli.

Il repartit vers le reste de l'équipe.

Arvy se retourna également et me fit un clin d'œil.

— Continue comme ça.

Personne n'était agacé que j'aie arrêté Ten, ou du moins, ils ne le montreraient pas sur la glace. Pendant un moment, je me laissai envahir par l'euphorie avant de me préparer pour le prochain tir, cette fois, du capitaine lui-même.

Peu de positions sur la glace pouvaient être comparées à celle de gardien. Celui-ci pouvait être vu en héros ou pris comme bouc émissaire, selon l'issue de chaque match. À ce moment, j'avais l'impression d'être un héros.

C'était stupide, non ?

Connor réussit sa frappe, tout comme quelques autres, y compris Ten pour son second essai, puis le troisième et le quatrième, mais je m'en sortais bien, et Stan se contenta de sourire pendant cet entraînement, alors que nous jouions chacun notre tour dans le but.

J'attendais que l'inéluctable se produise, mais j'allais certainement profiter de la sensation d'être compétent pendant que ça continuait.

JE DEVAIS TROUVER UN APPARTEMENT. Les Railers m'avaient installé à l'hôtel jusqu'à ce que je déniche quelque chose, mais alors même que je m'asseyais et dressais une liste de ce que je voulais pour la transmettre à l'agent immobilier de l'équipe, je n'eus pas envie de demander quoi que ce soit de chic. J'avais simplement besoin d'une chambre, d'une petite cuisine et d'un grand salon dans lequel je pourrais faire mes étirements.

Et d'une télé. Ce serait bon. Je n'avais pas sorti mon système de son depuis que j'avais quitté mon foyer. Il était toujours là-bas. Avec mon amplificateur Yamaha, mon lecteur CD, mes haut-parleurs et ma platine Rega, qui avaient été amoureusement rangés et mis de côté, même si mes parents d'accueil m'avaient assuré que le tout pouvait rester dans mon ancienne chambre. Ils n'avaient pas compris pourquoi j'avais voulu qu'ils aient un espace vide afin qu'ils puissent héberger un autre jeune joueur de hockey qui avait autant besoin d'eux que moi.

J'avais fait pleurer Daisy Jacobs quand j'avais dit ça.

Daisy et George Jabobs, d'Erie en Pennsylvanie, *étaient* mes vrais parents. Pas ceux de sang. Emma et Tom, leurs enfants, n'étaient pas mes frères et sœurs à proprement parler. Mais ils étaient les seules personnes que je qualifierais de famille et ils m'avaient sauvé.

Et oui, ça semblait dramatique quand je disais qu'ils m'avaient sauvé, mais c'était le cas. Ils m'avaient offert une maison remplie d'amour et de rires, plutôt que le contrôle religieux strict exercé dans ma propre famille, avec un père alcoolique qui aimait m'utiliser comme un sac de frappes. Le hockey avait été mon échappatoire, et grâce à ça, j'avais atterri au meilleur endroit possible. Il fallait que j'entende la voix de Daisy.

Je fis défiler mes contacts et l'appelai. Elle répondit à la première sonnerie. Je l'imaginais, debout dans son bureau, avec sa vue sur le jardin des Jacobs, leur immense terre-neuve, Beck, endormi, enroulé à ses pieds. Je pouvais l'imaginer si facilement que c'en était douloureux.

— Raconte-moi tout, exigea-t-elle en décrochant. Est-ce que Ten est aussi sexy en vrai qu'à la télé ?

— Ça, je ne vais pas te le dire, la taquinai-je.

Je l'imaginai en train de bouder. Elle adorait les gardiens suédois qui jouaient à New York et, visiblement, Tennant Rowe.

— Comment vas-tu, chéri ? Comment se sont passés tes premiers jours ? Tom m'a dit qu'il t'avait envoyé un message hier soir, mais qu'il n'était pas sûr que tu l'aies reçu.

La culpabilité me tordit les entrailles. Daisy avait sa façon de dire : tu aurais dû répondre à ton pseudo frère.

— Je ne l'ai pas lu, désolé. Ils nous épuisent.

Ce n'était pas un véritable mensonge. J'avais

effectivement vu le SMS de Tank, mais les Railers et leur entraînement étaient intenses, donc j'étais éreinté. Tout de même, j'avais aussi vu deux messages d'Aarni et j'y avais répondu assez rapidement.

Les petits amis, c'est différent.

— Je dois apprendre le processus, ajoutai-je.

— Il comprend. Je voulais juste te dire que nous sommes très heureux d'avoir de tes nouvelles.

Elle sut instinctivement que j'avais besoin d'être rassuré parce qu'elle était une mère de ce genre. À quinze ans, j'avais joué dans l'Ontario Hockey League et c'était à des milliers de kilomètres de mes parents biologiques. J'avais eu besoin d'une famille d'accueil américaine à Erie, en Pennsylvanie, quelqu'un avec qui vivre et qui prendrait soin de moi. J'avais eu de la chance avec George et Daisy à qui, après un moment, j'avais fait suffisamment confiance pour leur parler de ma mère biologique et de mon père misérable. Ouais, ils savaient tout de ma vie d'avant avec ma famille. Si on pouvait utiliser le mot famille. Ou même vie.

— Il faut que je trouve un appartement à Harrisburg.

Je changeai immédiatement la direction de la conversation avant qu'elle commence à dire à quel point je lui manquais. Cela faisait quelques années que j'avais quitté leur maison. Je les voyais autant que possible, mais je ne supportais pas d'entendre à quel point ils m'aimaient et comme je leur manquais. Pas aujourd'hui.

— Les Railers n'ont personne pour t'aider ? s'enquit Daisy.

— Si, mais il faut que je lui donne une liste de ce que je veux.

— Un endroit où dormir, manger et t'étirer, c'est ça ?

C'était une conversation aisée et je fus déterminé à renvoyer un message à Tom dès que j'allais raccrocher avec Daisy.

— Principalement, oui, confirmai-je.

Je devins ensuite silencieux.

— Mon chéri, tout va bien ?

J'aurais pu mentir. J'aurais pu dire que tout allait bien, mais ce n'était pas le cas. Comment allais-je m'adapter sans avoir Aarni près de moi ? Qui allait gérer les problèmes entre moi et tous les autres ? Comment allais-je faire quand les Railers se rendraient compte que j'étais une cible facile ?

— Non.

Je ne pouvais mentir à propos de ce qui importait, pas quand Daisy m'avait emmené à tous mes rendez-vous avec le psychologue lorsque j'étais arrivé à Erie. Elle avait tenu ma main chaque fois je la laissais faire, elle m'avait enlacé si j'étais désespéré et elle ne me le reprochait jamais. Daisy Jacobs avait été là pour tout mon parcours dans les espoirs de NHL, puis lors de chaque moment horrible quand j'avais dû les laisser derrière moi pour devenir adulte.

Merci, mon Dieu, j'avais trouvé Aarni pour prendre soin de moi.

— Tu veux en parler ? me demanda-t-elle d'une voix douce.

Je ne voulais pas souvent discuter. Qu'allais-je dire ? Ce n'était pas ma première journée dans une nouvelle école, c'était un contrat professionnel avec une équipe qui avait gagné la coupe Stanley. C'était la vraie vie et je n'étais pas un gamin qui avait besoin d'une mère pour me câliner et m'empêcher de faire une bêtise.

— Je ne sais pas.

Ce fut la meilleure réponse que je pus trouver.

— Oh, chéri, tu as eu une autre lettre ?

J'eus mal au cœur rien qu'en pensant aux romans que j'avais reçus de la part de ma mère biologique, m'avertissant de l'enfer et de tout ce qu'elle pouvait inventer. Elle ne voulait pas abandonner.

Elle ne pouvait pas m'abandonner.

En ce qui la concernait, j'allais brûler en enfer pour ma déviance et elle devait sauver mon âme. Les lettres arrivaient régulièrement, comme sur minuteur, des missives dans lesquelles elle parlait de mon géniteur, qui s'en sortait très bien au travail, du prêtre qui demandait des nouvelles et s'inquiétait de mon âme qui brûlerait en enfer. De Darren, qui était allé en thérapie de conversion et qui s'était maintenant installé avec Gina, la fille d'un concessionnaire local.

Je fermai les yeux lorsque la douleur me submergea et je songeai à Darren, à tout ce qu'il avait dû subir. Il m'avait appelé une fois, longtemps après mon départ de la maison et de l'église de ma mère, qui faisait preuve d'une cruauté ressemblant tellement à un fardeau que je ne pouvais le supporter. Il m'avait laissé un message sur mon téléphone, ordonné de ne pas le rappeler, dit au revoir, et il avait ajouté qu'il avait trouvé une façon d'être « normal » et qu'il espérait que ce serait mon cas aussi.

J'avais essayé de le contacter, mais il n'avait jamais répondu, et quelques jours plus tard, le numéro avait été supprimé.

— Bryan ? Tu as reçu une autre lettre ? s'enquit à nouveau Daisy.

Cette fois-ci, l'inquiétude était perceptible dans son ton.

Elle savait comment j'avais réagi lorsque les courriers avaient commencé à arriver. Elle avait vu que chacune me détruisait à chaque fois.

— Non. Pas de lettre. Je suis juste nerveux dans ma nouvelle équipe, déclarai-je spontanément.

Elle soupira de soulagement.

— Souviens-toi qu'ils sont aussi nerveux avec toi que tu l'es avec eux.

Elle disait toujours ça, à propos de chaque événement dans ma vie. Cela m'aidait à me sentir mieux, me rappelant ces moments avec un chocolat chaud, des cookies achetés au magasin et sa douce voix.

Aarni n'était pas impressionné par la connexion que j'avais avec la famille Jacobs. Il disait que c'était étrange d'être aussi proche de personnes qui n'étaient même pas de mon sang. Il ne m'avait jamais donné un argument convaincant pour lequel je devrais arrêter de penser à eux ou de les traiter comme mes parents. Donc je les gardais pour moi. C'était la chose la plus facile à faire.

Je n'avais certainement avoué à personne qu'ils m'avaient sauvé.

J'avais informé les autres que j'aimais la famille Jacobs autant que la mienne, mais je mentais. Je les aimais davantage, et le jour où j'avais quitté leur maison, j'avais pleuré. J'étais censé être ce fort gardien de but, mais quand j'avais été acheté par les Raptors d'Arizona, j'avais sangloté dans les bras de Daisy et exigé qu'ils déménagent avec moi dans ce nouvel État.

Ils ne l'avaient pas fait, bien sûr, mais je pouvais les joindre quand je voulais, et lorsque je travaillais dur dans l'équipe espoir, ils venaient voir autant de matchs que possible. Je jouais à *Fortnite* avec Tom chaque fois que j'en avais l'occasion, même quand j'étais avec ma première équipe professionnelle pour les sélections en Arizona et qu'il était à l'université de Seattle pour apprendre à être un gros bonnet de la justice criminelle. Emma m'envoyait au moins cinq messages par jour, essayant de me caser avec ses amis, qui étaient tous « trop mignons » et « aimaient » le hockey. Elle avait un petit ami, maintenant, et je savais ce que c'était, donc je comprenais qu'elle ne me parle plus autant. Ses messages me manquaient tout de même.

Je jetai un coup d'œil à l'horloge, sachant que je devais aller à mon rendez-vous avec le tatoueur, repoussant l'inquiétude et me concentrant sur ce que Daisy me racontait à propos de Tom, d'Emma, de George et de Beck.

— Nous sommes tellement ravis que tu sois de retour en Pennsylvanie, dit-elle. Nous ne sommes qu'à quatre heures de toi, donc tu devras t'attendre à de nombreuses visites. On te verra avant que la saison commence ?

— Bientôt, dis-je.

Après un échange émouvant de *je t'aime* et *tu me manques*, ainsi qu'une promesse d'envoi de cadeaux, je mis fin à l'appel et il me resta environ trente minutes avant mon rendez-vous.

Daisy n'était pas précisément le genre de maman qui préparait des gâteaux, mais elle m'envoyait quelques petites choses régulièrement, comme des cartes cadeaux pour de la nourriture et des lettres qui me tenaient au courant de tout ce à quoi elle pouvait penser. Le mois dernier, elle m'avait envoyé des cookies, achetés au magasin, mis dans un pot qui appartenait à *sa* mère. Je ne l'avais pas ouvert, parce que l'air coincé dedans venait de la seule maison que je connaissais et je ne voulais pas qu'il s'échappe.

Voilà à quel point j'allais mal. Certains jours, j'étais consumé par le désespoir quand je songeais à ma *famille* qui était si loin.

Je m'étais douché à la patinoire, donc j'enfilai un jean propre, un t-shirt presque frais et l'un des trop nombreux pulls Railers qu'on m'avait donnés. J'avais été d'accord pour être le numéro trente et un. Une étrange partie de moi n'avait pas envie de retrouver le numéro trente que j'avais eu en jouant en Arizona. C'était un nouveau départ.

Aarni m'envoya une photo de son dîner, un steak et des frites, ainsi qu'une bouteille de vin à moitié vide. Elle fut suivie d'un selfie de lui avec les bras autour d'une femme blonde, qui tenait un verre de vin et arborait du rouge à lèvres écarlate.

Je la détestais. Et je le détestais pour m'avoir envoyé ça.

Non. C'est faux. Je l'aime.

Même s'il ne m'aime pas vraiment de la même façon.

J'AVAIS OUBLIÉ où nous étions censés nous retrouver et cela me rendit nerveux. Étais-je supposé aller directement au salon de tatouage ou rejoindre l'artiste au bar ? Je connaissais son nom, il était sur la carte et je n'avais jamais entendu ce prénom auparavant : Gatlin. Je n'étais donc pas totalement perdu, mais j'étais tout de même sur les nerfs. Quelque chose chez cet homme rencontré hier me troublait. C'étaient peut-être ses tatouages. J'avais vu des requins, des tortues, et d'autres dessins polynésiens qui s'étendaient au-delà de son poignet, jusqu'à sa main gauche. Les tatouages sur son bras droit étaient plus colorés. Le regarder fixement avait semblé malpoli, donc j'avais simplement jeté des coups d'œil ici et là. Cela aurait aussi pu être à cause de son attitude confiante et la façon dont il s'adressait à Stan, ses yeux bleu clair se focalisant sur moi de temps en temps. Ou la façon dont il m'avait souri et avait attendu que je lui parle. Il m'avait posé des questions sur les noms ou les images que je voulais sur le casque et cela m'avait également troublé. Ou bien, j'aurais pu être stressé simplement parce que j'avais oublié où nous nous retrouvions et que j'étais maintenant devant sa boutique, l'air idiot.

Je décidai que le salon de tatouage était le pari le plus sûr, mais avant que je puisse bouger, il ouvrit la porte de l'intérieur, un sourire sur son visage et la main tendue.

— Salut, Bryan.

Je saisis sa main et la serra. Il jongla ensuite avec un carnet à croquis et une trousse pour fermer la porte derrière lui.

— J'espère que tu as bon appétit. Ils préparent les meilleurs des burgers ici.

Nous avançâmes vers le bar, ne faisant pas plus de trente pas. Je devais admettre que, de l'extérieur, cela ne ressemblait pas au meilleur endroit où je pourrais manger, mais dès que je mis le pied à l'intérieur, je me sentis comme à la maison. C'était probablement dû au fait qu'ils jouaient la musique de Queen et que la serveuse sourit à Gatlin comme si le voir égayait sa journée. Il l'étreignit rapidement et nous la suivîmes jusqu'à une table au coin, juste à côté d'un vieux juke-box. Je ne m'assis pas immédiatement, prenant le temps de jeter un coup d'œil à la playlist. De Queen aux Beatles, en passant par Dire Straits et Black Sabbath, je ne voyais aucune mauvaise chanson.

Malgré toutes les conneries avec lesquelles j'avais dû

grandir jusqu'à mes quinze ans, j'avais eu accès à un tas de vinyles ainsi qu'un lecteur. La musique avait été mon échappatoire.

Le juke-box avait apparemment déjà été lancé sur une playlist, puisqu'il passa sans problème de Queen à Black Sabbath. Je hochai la tête au rythme de la mélodie pendant quelques secondes, avant de me glisser sur la chaise en face de Gatlin.

— Tu aimes Back Sabbath ? demanda-t-il, choqué.

Je me mis immédiatement sur la défensive et m'interrompis quand je me rendis compte que j'étais sur le point de m'excuser.

— Quel âge as-tu ?

Je relevai le menton.

— Presque vingt-trois ans, mais j'ai tous les albums de Sabbath en vinyle.

Gatlin s'assit au bord de sa chaise.

— Même les enregistrements de leurs concerts, comme *Live Evil* ?

— Ouais.

Il recula et siffla.

— Sympa. Un jour, je vais devoir venir chez toi pour l'écouter.

Je déglutis.

— Ma platine est à Erie, avec tous mes vinyles.

Curieusement, j'avais changé la direction de cette conversation. Je devais faire attention. Aarni disait que j'accordais ma confiance trop vite et je ne connaissais pas du tout ce Gatlin.

— C'est de là que tu es originaire ?

La discussion fut interrompue par notre serveuse qui vint remplir nos verres d'eau et nous montra du doigt un tableau avec les menus pour que nous décidions. C'était apparemment limité à quatre options.

— Comme d'habitude, lui dit Gatlin en me regardant impatiemment.

— Poulet, dis-je.

Elle nous laissa à nouveau.

Il ouvrit son carnet de croquis et, en quelques coups de crayon expérimentés, il avait créé la forme simple d'un casque.

— Alors, quelque chose pour les Railers ?

Il n'attendit pas que je réponde, détaillant un train à vapeur, puis il sortit un crayon bleu pour colorier et je ne pouvais que fixer sa tête baissée. Il avait des cheveux courts, châtains, de la même teinte que sa barbe qui avait également quelques poils blancs. Difficile de dire quel âge il avait, même si le côté poivre et sel indiquait qu'il était plus vieux que moi de plusieurs années. Sa peau semblait douce, ses sourcils étaient froncés sous le coup de la concentration et je sus, quand il leva les yeux, que je regardais le bleu le plus doux. Il était l'opposé total d'Aarni. Il était plus fin, avait plus de tatouages, évidemment, et avait du blanc dans ses cheveux.

Aarni a des yeux doux aussi.

Non, c'est faux. Ils sont tout en feu et en passion, pas en gentillesse.

Je secouai la tête pour éclaircir mes idées de comparaison entre Gatlin et Aarni. J'étais en couple et j'étais loyal à l'excès, malgré l'image de la femme blonde enroulée à lui ce soir. Il était le genre de personne qui avait besoin qu'à la fois les hommes et les femmes l'aiment. J'avais juste besoin d'un homme. C'était ainsi que fonctionnait notre relation.

— De la famille ? Des parents, des frères et sœurs ?

Je me rendis compte que Gatlin me fixait encore.

— Non.

J'avais répondu immédiatement avant même de réaliser l'impression que cela devait donner.

— Enfin, si. Simplement, je ne les veux pas sur…

J'agitai la main pour signaler la fin de la phrase. Son expression resta troublée, mais seulement pour un moment, puis il sourit à nouveau.

— Ta ville natale ?

Je songeai à l'endroit où j'étais né, au milieu de nulle part, au Canada, avec la femme que j'appelais maman.

— Non, je ne veux pas.

Il acquiesça comme s'il était d'accord, puis il tapota le carnet de croquis

— Le design ne dépend que de toi. C'est ton casque, ton design, ce que tu aimes et détestes, les choses qui sont spéciales pour toi. Ce qui te fait vibrer, ton essence. Je veux voir en toi et avoir une véritable impression de qui tu es vraiment.

Je clignai des yeux. C'était beaucoup trop profond, j'en avais la nausée.

— Non, dis-je.

Et je partis.

GATLIN

C'était quoi ce *délire* ?

Notre serveuse arriva avec notre dîner. Elle se tenait là, avec deux assiettes de nourriture, l'air aussi perplexe que moi, j'imagine.

Je lui jetai un rapide coup d'œil, souris malgré la colère subite que je ressentais et me levai.

— Tina, tu peux les ramener en cuisine et les garder au chaud ?

Elle acquiesça et je partis à la poursuite du joueur de hockey aux mauvaises manières. Je le trouvai, en train de partir à l'ouest, et je trottinai pour le rattraper.

— Hé, mon joli ! criai-je.

Il ne s'arrêta pas. Il marcha simplement devant moi, la tête baissée, comme s'il s'attendait à ce qu'un piano lui tombe dessus. Je courus un peu plus vite et le rejoignis devant un magasin de matelas qui avait récemment fermé ses portes.

— Hé !

Je l'attrapai par le bras. Il se retourna, les yeux écarquillés, levant son bras de façon défensive. Mes doigts glissèrent sur sa manche.

Bryan cligna des yeux comme s'il était choqué de me voir en train de lui lancer un regard noir.

— Je dois y aller, dit-il.

Il regarda ensuite derrière moi pour trouver le chemin le plus direct vers *quelque part*, cherchant probablement sa voiture. Je me plaçai entre lui et son échappatoire. Bien sûr, il était plus grand que moi de quelques centimètres et faisait probablement vingt kilos de plus. En plus, il était plus jeune et c'était un athlète, donc il aurait facilement pu me pousser sur le côté s'il l'avait voulu. Mais quelque chose au plus profond de moi me disait qu'il n'était pas du genre à aimer la violence. Il en avait cependant subi, si j'en croyais sa réaction spontanée à mon contact sur son bras.

— Tu pourras y aller une fois que j'aurais dit ce que j'ai à dire.

Je croisai les bras sur mon t-shirt préféré d'Emerson, Lak & Palmer. Merci, mon Dieu, cette nuit automnale était chaude, puisque j'avais laissé ma veste au bar. Il se referma sur lui-même, comme un liseron qui rabat ses pétales à la nuit tombante.

— C'est le comportement le moins professionnel que j'aie jamais vu. Tu te rends compte que j'ai pris une heure dans mon planning de travail pour discuter avec toi, n'est-ce pas ?

— Oui. Je suis désolé.

Je le fixai, un peu surpris que ses mots sortent de façon si automatique.

— Eh bien, ouais, tu devrais l'être. J'aurais pu gagner de l'argent.

— Je vais te payer pour le temps que tu as perdu.

Il tendit la main vers sa poche arrière pour trouver son portefeuille.

— Non, ce n'est pas ce que je veux. Tu ne peux pas simplement quitter un rendez-vous professionnel. C'est une attitude d'amateur, et franchement, ce n'est pas à la hauteur des joueurs et de l'organisation des Railers.

Une voiture passa et une vieille chanson de Blink 182 résonna dans la rue par ses vitres ouvertes. Bryan passa son poids d'un pied à l'autre. J'attendis. Il arrêta de fixer mes bottes pour regarder mon visage pendant un moment.

— Je suis désolé d'avoir agi d'une façon qui donne une mauvaise image des Railers.

Son expression était malheureuse. J'avais vu des chiens se faire disputer qui n'avaient pas l'air si misérables. Merde, d'accord, maintenant, j'avais l'impression d'être un salaud.

— J'ai vraiment envie d'y aller, maintenant. Je peux ?

Mon esprit luttait pour suivre les indications farouchement lancées par Bryan.

— Bien sûr, ouais, si tu veux y aller, vas-y.

Que pouvais-je dire d'autre ? Ce n'était pas comme si je pouvais traîner ce mec jusqu'au Binky's Pub et le forcer à parler de design de casque avec moi.

— Tu sais où me joindre si tu décides de réessayer.

Il acquiesça, son regard vacillant vers la vitrine vide derrière moi. Je le regardai se presser dans la rue, les épaules relevées jusqu'aux oreilles comme s'il faisait froid, même si la nuit était loin d'être fraîche. J'eus le sentiment de rester planté là, sur le trottoir, devant le magasin Barney's Bedding pendant un long moment, à me demander ce que je venais de vivre. Curieusement, mon indignation justifiée avait explosé face à Bryan et son expression de… qu'était-ce exactement ? De peur ? D'anxiété ? Sa réponse conditionnée ?

Je repartis vers le pub, mes pensées se focalisant sur ce qu'il s'était passé. Notre serveuse avait bien gentiment mis notre repas dans des boîtes à emporter, donc je payai et lui donnai un pourboire avant de m'excuser puis de retourner à la boutique. J'avais un rendez-vous à vingt et une heures, mais il ne serait pas là avant trente minutes. Je franchis la porte et entrai dans le magasin, avant de partir vers le comptoir et de laisser tomber le sachet devant Jess. Elle haussa un sourcil percé.

— Mon rendez-vous a pris la fuite, lui expliquai-je en écartant le papier marron.

— Tu as recommencé à parler de ton obsession pour Joe Perry ?

— Non.

Je soufflai et poussai le poulet rôti vers ma nièce. La

musique de Judas Priest résonnait, la voix incroyable de Rob apaisant légèrement mes nerfs à vif.

— Je ne suis pas obsédé par Joe Perry. Mais par Eddie Van Halen.

— Eddie a bien vieilli.

Jess soupira en enlevant le couvercle d'un petit pot de coleslaw.

— C'est clair. Bref, non, je n'ai pas commencé à parler d'Eddie. J'ai à peine demandé au gamin ce qu'il voulait sur son masque. On a discuté une seconde de sa famille, ensuite, il s'est levé et s'est enfui.

Je marchai jusqu'à l'autre bout de la pièce et me laissai tomber sur le canapé. Les murs violets étaient recouverts de posters de tatouage qui vacillèrent quand je m'effondrai. Jess s'était occupée des travaux, l'année dernière. J'avais laissé ces foutus murs noirs, comme ils l'avaient été pendant des années, mais la jeune avait voulu ajouter de la couleur dans la boutique. Nous en avions discuté pendant trois mois, puis j'avais cédé et l'avais autorisée à faire ce qu'elle voulait. Ce qui était la raison pour laquelle j'avais maintenant un salon de tatouage de couleur prune, avec des zones de travail peintes de jaune moutarde à orange horrible, et il y avait aussi des toilettes roses. Roses. Dans un salon de tatouage.

— Genre, il t'a laissé payer la note ?

Elle coupa son poulet, le couteau en plastique couinant douloureusement en s'enfonçant dans le polystyrène.

— Eh bien, ouais.

Je saisis mon burger et en pris une bouchée, mon regard se déportant vers la PlayStation 4 ainsi que la télé dans un coin. Le système de jeu offrait aux clients quelque chose à faire en attendant leur tour et ils en étaient heureux.

La bouche remplie de poulet rôti, ma nièce marmonna :

— Quel pingre ! Ce poulet est délicieux.

— Ce n'est pas la note qui m'a mis en rogne. Merde, j'allais payer, de toute façon, parce que c'est un nouveau client potentiel et le prix pour l'œuvre d'art originale couvrirait le repas de vingt dollars. C'était… eh bien, au début, c'était la façon dont il est parti, mais ensuite…

Je m'enfonçai sur le canapé, posant ma cheville sur mon genou, puis je pris une bouchée de mon burger. Juteux et parfaitement saignant. Je mâchai et déglutis avant de réfléchir longuement. Je n'avais pas vu ce genre de réaction chez quelqu'un depuis longtemps, très longtemps. Elle me ramenait vers mes souvenirs de Pearl Harbor-Hickam, où j'avais été stationné pendant mes quatre années dans la Navy, juste après m'être engagé à la fin du lycée. Essayant de ne pas penser à Akumu et à mon premier amour sauvage qui s'était mal terminé, je m'obligeai à passer outre les réminiscences de mon ancien amant pour me concentrer sur sa sœur. L'adorable et minuscule Haunani, qui avait un mari adorant la torturer mentalement et physiquement. Ses yeux sombres avaient le même manque de vie que ceux de Bryan.

— Eh bien, je trouve qu'il a l'air d'un salaud, même s'il est torride comme un péché, déclara Jess.

Elle mit davantage de poulet dans sa bouche.

Je laissai tomber le sujet, puisqu'elle n'avait pas vu l'expression du jeune homme quand j'avais commencé à le réprimander. Il avait bondi sous le coup de la terreur. Il avait relevé son bras, par peur. Il avait été terrifié à l'idée d'être frappé ou grondé. J'aurais parié mon salaire du mois prochain, à ce sujet. Mais de quoi ou de qui pouvait bien avoir peur un grand gamin robuste comme Bryan Delaney ?

LE TEMPS PASSA sans que j'aie de nouvelles du monde du hockey. J'étais plongé dans le boulot, ce qui était génial, et je ne me plaindrais jamais d'être occupé. Enfin, d'accord, je m'en plaignais, mais je savais que je ne devrais pas. J'avais appelé Woody pour qu'il me remplace dans la soirée, afin que je puisse partir plus tôt et assister au match de présaison des Railers. J'avais déjà des billets pour la saison, alors pourquoi pas ? En plus, cela me permettrait d'observer le nouveau gardien, puisque les équipes changeaient leurs effectifs à la mi-temps des matchs de présaison. Quand il serait temps de commencer le championnat correctement, Stan jouerait tous les matchs, jusqu'à la fin, mais pour l'instant, chaque gardien passerait trente minutes dans le filet. J'avais hâte d'étudier Bryan. Il avait hanté mes pensées depuis ce dîner raté. Je voulais le revoir. Dans son but. Je n'étais pas là pour le reluquer ou baver, même si le jeune valait probablement la peine de verser un peu de salive. Mon intérêt était purement suscité en tant que fan de ce sport. Du moins, c'était ce que je continuais à me dire.

— J'aimerais que tu envisages plus sérieusement d'investir de l'argent dans des certificats de dépôts, lâcha Garrett d'une voix monotone.

Il faisait sa visite mensuelle chez moi pour tenter de me faire investir dans telle ou telle chose, de faire un placement à la banque, et cela me rendait nerveux à l'idée de manquer le premier coup de crosse.

— D'accord. Je vais le faire, déclarai-je en enfilant mon maillot de Tennant Rowe.

— Tu le feras quand ?

Je tirai pour passer le col au niveau de ma tête, puis lançai un regard noir à mon grand frère. Il fit semblant de ne pas le remarquer.

— Quand j'aurai le temps.

Je commençai ensuite à chercher mes lunettes. Je les trouvai sur l'étagère, sans aucune aide de Garrett.

— Et donc, ce sera quand ?

Pff. Je jurerais qu'il était le plus grand des emmerdeurs. Donnais-je l'impression d'être d'humeur à parler de taux d'intérêt, de retraite ou de portfolios ? Non. J'étais prêt pour le hockey.

— Quand tu me laisseras faire ton premier tatouage, rétorquai-je.

Je rangeai mon téléphone ainsi que mes lunettes dans différentes poches, vérifiai que je possédais bien mon portefeuille et mon billet, puis je regardai directement mon frère. Il avait bien vieilli. On ne devinerait jamais qu'il avait dix ans de plus que moi.

— Les banquiers n'ont pas de tatouage.

Il ferma bruyamment sa mallette.

— Fais-en un là où seule Marissa pourra le voir, le taquinai-je.

Je savais que sa femme remplirait une demande de divorce s'il revenait un jour à la maison avec un tatouage. Ils formaient un beau couple, honnête, aisé, qui avait été maudit d'une façon ou d'une autre avec une fille qui semblait avoir des goûts sexuels changeants et un beau-frère qui suçait des queues, faisait des tatouages et écoutait du... *OH MON DIEU !* Heavy métal. Ce qui expliquait pourquoi je n'avais pas vu ma belle-sœur depuis trois ans. Me voir lui aurait provoqué une énorme migraine ou une autre connerie de ce genre. Elle affichait bien son dégoût. Je devais bien l'accorder à cette peau de vache fragile.

— Oui, bien sûr, je vais noter ça dans mon planning. Me faire tatouer un poisson sur les boules, mardi à treize heures, ricana Garrett.

Je gloussai. Cet homme était malicieusement sarcastique et en devenait presque brillant en ma présence. Nous avions toujours été ainsi, même enfants. Il n'y avait eu que Gina, notre petite sœur, pour arrondir les angles pendant nos disputes.

— Tu es libre de gaspiller ton argent, alors, déclare-t-il.

Il enfila un manteau, qui était à la fois beau, long et en laine, lui donnant l'air impassible qui lui était caractéristique.

— En parlant de ça, je dois aller à un match de hockey. Je peux te raccompagner ?

Je lui fis un signe élégant vers l'embrasure de la porte.

— Je connais le chemin. Je veux m'arrêter et passer un message de Marissa à notre fille.

Il n'avait jamais fait de remarques narquoises sur le fait de dépenser mon argent pour des choses stupides comme les billets de hockey ou les concerts, et même le porno gay. Quelle déception ! J'avais déjà une réplique pleine d'esprit contrecarrant sa haine du hockey.

— Bien, d'accord, c'était sympa de te voir. Passe le bonjour à ta femme, criai-je en le contournant et en trottinant vers la réception.

— Il a un message, chuchotai-je à Jess.

Elle leva les yeux au ciel et je partis avant d'être coincé

dans un genre de réunion familiale. Je devais assister à un match.

Il ne me fallut que dix minutes, une fois que j'eus sauté dans un bus de la ville, pour atteindre la patinoire. Prendre ma voiture pour parcourir cette petite distance était idiot et de toute façon, elle était au garage pour un changement de pneus. Le nombre de fans aux matchs de présaison n'était généralement pas très élevé, donc j'étais plus ou moins seul, sur mon siège, à cinq rangs au-dessus du banc des Railers. Je m'installai, une bière dans une main et un hot-dog avec beaucoup de moutarde et de cornichons dans l'autre, pour un match plutôt inutile entre les Railers et les Devils. Je bus, mangeai et me détendis. Plusieurs joueurs de l'équipe espoir, les Carlisle Rush, portaient le maillot bleu, ce soir. Peut-être de jeunes inconnus qui réussiraient ensuite les tests et arriveraient dans l'équipe en octobre. Ou peut-être qu'ils seraient tous relégués.

Stan faisait de l'excellent boulot dans les filets. Il semblait un peu rouillé, même si le reste de l'équipe et lui avaient travaillé tout l'été pour revenir en forme et prêts à jouer. Je baissai les yeux vers mon petit ventre et soupirai. Écoutez-moi donc parler de la forme des autres. Quand ce corps dur comme de la pierre, de l'époque de la Navy, m'avait-il abandonné ?

Essaie de boire un peu moins de bières et de manger un peu moins de hot-dogs, de burgers et de frites, Gatlin.

— Ferme ta putain de gueule, grommelai-je tout seul.

J'étais heureux que les sièges autour de moi soient vides. La première période passa péniblement, les anciens jouant la montre, laissant les petits minets bosser. Bon, les jeunes des Rush frappaient forts, essayant d'impressionner les entraîneurs avec leurs incroyables capacités. Et puis, il y avait Tennant Rowe, mon héros. J'avais eu le plaisir de rencontrer la plupart des joueurs, puisqu'ils venaient tous me voir pour se faire tatouer et créer leurs casques. Tennant était un sacré bon gamin, malin, de belle prestance, généreux et talentueux. Il était mon héros grâce à sa force, quand il avait fait son coming-out dans un monde qui n'acceptait pas toujours les homosexuels. Il avait bravé cela avec son homme à ses côtés. Il en fallait du courage. Il était toujours sous pression, alors que le pays semblait de moins en moins enclin à être tolérant.

Alors ouais, j'admirais le gamin. Et c'était un phénomène, impossible de le formuler autrement. Même maintenant, lors du premier match de présaison quand les autres s'amusaient, Tennant Rowe était la détermination incarnée. Il fit un tir rapide qui passa derrière le gardien des Devils en moins de temps qu'il en fallut pour cligner des yeux. Les fans réunis se mirent à crier lorsque la lumière au-dessus du but s'alluma et que la chanson des Railers raisonna.

Ce but provoqua une joie pure jusqu'à ce que le gardien change. Je me redressai alors légèrement, mais je ne voulais pas m'attarder là-dessus. Bryan et Stan cognèrent leurs poings gantés lorsqu'ils passèrent l'un à côté de l'autre. Ma bière était finie et j'en voulais vraiment une autre, mais le besoin de regarder Bryan dans le filet et la petite voix chuchotant dans ma tête à propos de mon petit ventre me poussèrent à rester assis.

C'était intéressant de le voir travailler. Il semblait concentré sur le match, ses mouvements étaient rapides et assurés. Il n'était pas particulièrement remarquable, mais il avait l'œil vif et sa main gantée était belle. Il arrêta le tir d'un joueur des Devils avec un coup de poignet. Ce sauvetage, que l'on revit un instant plus tard sur l'écran géant, devrait finir dans les meilleurs instants du match. Bryan suivait ses réflexes purs. À la façon dont il bougeait, j'aurais dit que son corps était lié au palet et volait vers lui. Le reste du match passa rapidement. Je fus totalement choqué quand l'annonceur de la patinoire signala la dernière minute du match.

Bryan reçut de petits coups de casque et des tapes dans le dos de la part de ses nouveaux équipiers après le coup de sifflet final. Il retira son masque horriblement moche. Ses cheveux sombres étaient trempés, aplatis contre son crâne, et son visage brillait à cause de la sueur. Il secoua la tête comme un chien et sourit. Je n'avais jamais vu un sourire aussi brillant. Il enflamma quelque chose en moi, une braise minuscule entraînant un désir indéniable que j'avais cru étouffé de façon permanente depuis Rex. Je ressentais curieusement cette envie incroyable de faire sourire Bryan Delaney.

Chapter Trois

Nous avions gagné ! J'étais euphorique et j'avais hâte de parler de mon succès à Aarni, même si ce n'était que sur la deuxième moitié du match. J'écrivis et envoyai un message avant même de penser à vérifier comment s'étaient débrouillés les Raptors, ce soir, et je savais que j'aurais dû le faire.

Nom de Dieu, gamin. C'est la présaison. Ça ne compte pas, idiot. LOL. Ce fut la réponse d'Aarni. Lorsque je vérifiai leur score sur l'application de la NHL, je vis que les Raptors avaient perdu contre les Kings, six buts à un.

Merde.

Qu'est-ce que je disais, maintenant ? Devrais-je lui renvoyer un message pour dire que j'étais désolé qu'ils aient perdu ? Ici, à Harrisburg, j'étais tellement loin de tout ce qu'il se passait avec les Raptors.

J'aurais dû vérifier.

Visiblement, je n'avais rien fait d'autre ces jours-ci que d'agacer les gens. Ce qui était arrivé avec Gatlin m'emplissait de culpabilité, et je n'avais pas pu m'en débarrasser de toute la journée. La seule fois où j'avais pu oublier mon manque de politesse et ma crise de nerfs, ce fut quand j'avais joué, ce soir. Lorsque je me disais à quel point j'avais agacé Aarni et aussi Gatlin, j'étais terriblement en colère contre moi-même.

Gatlin ne m'avait pas crié dessus, mais la déception sur son visage et qu'il m'ait fait remarquer mon impolitesse m'avaient provoqué une nuit sans sommeil et une journée remplie de réflexions.

Je tapai un « désolé » à Aarni avec un émoji triste, mais je ne l'envoyai pas. Était-ce la chose à dire ? Je donnais l'impression de jubiler et il avait raison, c'était un match de présaison, une façon de se secouer après la pause estivale. Ce n'était pas comme s'il s'agissait de quelque chose d'important ni rien. Je supprimai le message.

Peut-être que je pouvais dire que je plaisantais et ajouter moi aussi un *lol* pour que mon horrible célébration évidente ne soit plus aussi douloureuse. Je me rendis compte que je m'agrippais un peu trop fort au téléphone et je forçai chacun de mes muscles à se détendre. Si je fissurais une nouvelle fois mon écran, ce serait déjà le septième.

Comme disait Aarni, je ne connaissais pas ma propre force.

Quelqu'un me donna un petit coup sur le pied et je levai les yeux, surpris.

— Tu attends que ta copine t'appelle ? me demanda Connor.

Le capitaine était rouge à cause de la chaleur et enveloppé dans une serviette. Il était si beau et tonique que c'en était intimidant quand il était là, juste devant moi.

— Mon copain, et non, dis-je.

Je n'avais même pas réfléchi ni modifié la vérité. Les mots planèrent lourdement.

La bouche de Connor s'ouvrit, puis il cria, d'une voix aiguë et couinante :

— Ton copain ?

Mon cœur plongea dans mes talons. Je croyais que les Railers étaient tolérants. Et pour Ten, alors ? Aarni avait raison. Il y avait probablement une règle pour lui et une autre pour tous ses coéquipiers.

Connor secoua la tête comme s'il se débarrassait de toiles d'araignée.

— Ten, cria-t-il.

— Cap ? répondit rapidement celui-ci.

— Viens ici. Adler, aussi. Stan, Erik, Dieter, merde… tous les autres, ramenez vos culs *maintenant*.

Je ne comprenais pas ce qu'il se passait. Était-ce un genre de bizutage pour le petit nouveau ? J'étais coincé dans ma partie du vestiaire. Connor était penché au-dessus de moi, les mains sur les hanches, sa serviette heureusement en place, et il appelait les joueurs.

— Qu'est-ce qui ne va pas ? m'enquis-je.

Erik fut le premier à arriver, ses boucles blondes mouillées et aplaties. Stan n'était pas très loin derrière lui. Il était plus grand qu'Erik et m'observait. Il plissa le nez en réfléchissant, puis il hocha la tête comme s'il m'avait fixé suffisamment longtemps pour avoir un genre de révélation. Dieter flâna vers moi comme s'il avait tout le temps du monde et il sourit quand Connor le fusilla du regard. Ten se précipita, avec ses cheveux sombres légèrement ébouriffés, et il scruta les visages de notre petit groupe avant de nous étudier plus longtemps avec impatience.

— Qu'est-ce qu'il y a ?

Il continua de boutonner sa chemise bleue.

Visiblement, Connor attendait quelque chose. Adler, à mon avis. Puisque celui-ci n'arriva pas tout de suite, le capitaine soupira.

— Ads, ramène ton cul, tout de suite.

— Ne me dis pas. Quelqu'un a tué le nouveau gardien, plaisanta le défenseur derrière le groupe.

Il arriva ensuite tout devant.

— Oh, dit-il en me voyant. Non, il est vivant. C'est cool, parce que, voyons les choses en face, il est meilleur que Jezza et toutes ses conneries de boules de viande suédoise et d'Ikea.

Erik frappa le bras d'Adler et l'insulta dans une langue qui, je le supposais, était du suédois. Visiblement, Adler se fichait de savoir ce que notre coéquipier avait dit, ou peut-être qu'il n'avait simplement pas compris.

Je m'intéressais *beaucoup* à ce que tout le monde disait. Je m'inquiétais qu'il y ait tout un putain de groupe de joueurs de hockey en train de m'entourer, de me bloquer le passage et de se pencher vers moi. Mon cœur se serra, mes paumes transpiraient et je m'agrippai à mon équipement sur mes genoux, prêt à l'utiliser comme une arme. Aarni serait venu et les aurait éloignés après un moment, il m'aurait défendu et rit en méprisant ce qu'ils faisaient. N'importe quoi pour améliorer la situation.

J'ai besoin d'Aarni.

Mais qu'est-ce que je foutais ici ? Qui croyait que j'étais assez bon pour jouer dans une équipe du championnat ? Je m'en étais bien sorti, aujourd'hui, peut-être même mieux que ça. J'avais été euphorique et, désormais, je déprimais.

J'attendais que les paroles des mecs qui m'entouraient ébranlent ma confiance en moi.

Connor me montra du doigt.

— Il attend un appel de son petit ami.

Il me claqua ensuite une main sur l'épaule et je ne pus m'en empêcher, je sursautai. Il me calma en me tapotant.

— Bienvenue dans l'équipe des Railers, l'équipe alternative où tu dois porter des boxers arc-en-ciel et apprécier les comédies musicales.

— Je n'aime pas les comédies musicales, se défendit Adler.

Cette fois-ci, cela lui valut un coup de coude dans les côtes de la part de Dieter.

— C'est quoi boxer ? demanda Stan.

Erik le fit taire.

— Ton petit ami est joueur de hockey ? demanda Ten sans aucune malice, mais avec un vif intérêt.

Comme si j'allais dévoiler l'homosexualité d'Aarni au seul homme qu'il détestait.

Je levai les yeux vers eux et les observai tour à tour avant de regarder Connor.

— C'est une plaisanterie, mec, déclara le capitaine après un moment de silence gênant. C'est juste que… merde… Ten, je m'y suis mal pris.

Connor s'accroupit à côté de moi et tendit sa main pour que je la serre. Je la saisis, toujours entièrement convaincu que j'allais être harcelé.

— Pardon. Je suis tellement habitué à l'homosexualité maintenant, mais j'ai dû un peu trop imiter Adler et j'ai fini par avoir l'air d'un con.

— Hé, c'est pas sympa, bouda Adler sans méchanceté.

Connor serra fermement ma main et je tentai de réprimer l'instinct d'arracher la mienne. Il se passait quelque chose, mais ce n'était pas cruel. C'était juste… étrange.

— Bryan, tu es au courant pour Ten, mais je te promets que tous les Railers sont tolérants. Ouais, nous recevons un peu d'hostilité des fans et des équipes qui nous rendent visite. C'est pire quand on joue dans des patinoires moins exemplaires. Ce n'est pas facile. En fait, c'est carrément difficile, mais nous sommes une bonne équipe et on peut serrer les rangs avec les meilleurs d'entre eux. Je ne voudrais pas d'autres coéquipiers à mes côtés. Les Railers sont mes meilleurs amis et tous ensemble, en équipe, on accepte toutes les conneries qui nous sont jetées au visage.

— Toujours en équipe, renforça dramatiquement Stan.

Adler fit comme s'il jouait du plus minuscule des violons du monde et ce fut désormais au tour de Ten de le pousser et de le faire taire. Ce mec était vraiment un idiot. C'était un joueur brillant, mignon, mais c'était surtout un crétin qui n'arrivait pas à se taire et qui racontait des bêtises. Je l'aimais bien. Au moins, il disait ce qu'il avait en tête et je pouvais gérer les choses que je comprenais clairement.

Connor attendait apparemment que je dise quelque chose.

— D'accord ? demandai-je.

Il relâcha ma main et me sourit.

— Tu fais partie des Railers, maintenant, et si tu as besoin de quoi que ce soit, tu le dis. À n'importe lequel d'entre nous, qu'il ait un boxer arc-en-ciel ou non. Nous sommes une équipe. D'accord ?

— Équipe. Super, ajouta Stan.

Tout le monde acquiesça, y compris moi.

— Merci, murmurai-je.

Je redressai les épaules. J'avais déjà entendu des discours comme celui-ci, auparavant, mais cela avait toujours fini par se gâter après quelques semaines. Pourtant si les mecs autour de moi étaient mes défenseurs, alors je ne pouvais plus dire que j'étais seul, au moins pendant un moment. Jusqu'à ce que quelqu'un finisse par merder.

— Bon. La réunion hebdomadaire du groupe des Licornes et des Arcs-en-ciel est terminée ? s'enquit Adler avant de soupirer lourdement.

Connor le contourna, et même s'il n'était pas en colère, il le poussa. Visiblement, tout le monde avait envie de pousser Adler, mais d'une bonne façon. Si cela avait un quelconque sens.

— Adler.

Connor renifla l'air autour de lui d'un air théâtral.

— Tu pues, mec, ajouta-t-il.

Adler donna un coup de serviette au capitaine, puis il alla dans la douche, laissant son uniforme traîner derrière lui.

Le groupe se sépara et seul Ten s'attarda, s'asseyant dans un box à deux places du mien.

— Adler a de bonnes intentions, déclara-t-il.

Il baissa les yeux en boutonnant le reste de sa chemise, soupirant quand il vit qu'il l'avait mal fait et défaisant ce qu'il avait déjà attaché.

— Mais ce qu'a dit Connor, c'est vrai. Tu as besoin de quoi que ce soit, de parler, de boire un café, de trouver des façons de gérer des chants insultants ? Tu peux me demander, ou à n'importe qui.

Il leva un poing et après une petite hésitation, je contractai le mien et le cognai.

— Merci, dis-je.

Je le pensais vraiment.

Je me douchai et m'attardai devant les miroirs en faisant semblant d'ébouriffer mes cheveux. J'avais besoin de réfléchir et cela signifiait ne pas être entouré de personnes qui voulaient me parler ou me rassurer. Pas quand j'avais le nouveau SMS d'Aarni dans mon esprit. Je lui avais envoyé un émoji triste avec un simple *ouais, tu as raison*. Le match n'avait été qu'un jeu de présaison. Les points ne comptaient pas. S'enthousiasmer à cause de ça était idiot. Bon sang, je n'avais joué que trente minutes.

Il m'avait juste répondu *à plus, je sors boire une bière*. Est-ce que cela signifiait qu'il y allait avec toute l'équipe ? J'en doutais. L'équipe était déchirée. Cela voulait probablement dire qu'il s'y rendait avec la blonde de la photo.

Une main atterrit sur mon épaule et je me figeai, croisant le regard sérieux d'Alain Gagnon dans le miroir. Le coach des gardiens sourit quand nous nous observâmes mutuellement.

— Bien joué, dans le filet, déclara-t-il. Tu t'en es bien sorti. Je crois qu'on doit travailler sur le trou entre tes jambes, mais bon sang ! fils, pour un jeune gardien qui traînait dans une équipe de merde comme les Raptors, c'était un bon début.

J'eus envie de lui reprocher l'utilisation du terme « équipe de merde », mais je ne pouvais pas le faire quand c'était presque correct. La fierté qui me submergea en entendant ses mots fut écrasante. Je respectais le coach Gagnon, j'avais grandi en l'idolâtrant, tout comme je l'avais fait avec les gardiens de son époque pendant quinze ans, rêvant d'être comme eux, même si personne n'avait voulu de moi.

— Merci.

Visiblement, je prononçais souvent ce mot, en ce moment.

— Continue comme ça, Bryan. Pour l'entraînement, demain, viens deux heures plus tôt et on travaillera sur ta concentration. Enfin, si on peut dégager Stan. Tu as déjà bossé là-dessus ?

Je voyais de quoi il parlait, un état dans lequel vous étiez conscient de vous-même, ou du moins, quelque chose de similaire. À mon avis, quand j'étais dans le but, j'arrivais à atteindre cet état de conscience, mais que ce soit vrai ou non, ça n'avait pas d'importance. Je voulais tout apprendre.

— Un peu. J'aimerais en savoir plus, je serai là.

— Bien.

Il me laissa finir de m'habiller.

Je fus le dernier à quitter la patinoire. La ville était vivement éclairée autour de moi et j'entendais seulement les sirènes au loin. Ma voiture était la dernière sur le parking, elle avait l'air abandonnée sur sa place désignée. Le match de présaison s'était joué tôt, en fin de matinée, et il n'était que vingt heures vingt-neuf. J'étais sûr que le salon de tatouage était ouvert jusqu'à vingt et une heures le dimanche, mais pourrais-je me rappeler comment y aller ?

Je cherchai sur Google et trouvai le bon salon, un logo avec un crâne et deux flèches, ainsi que le nom Hard Score

Ink. Rien que le nom m'intriguait. Était-ce un jeu de mots avec Hard Core Kink, les fantasmes hardcores ? Ou faisait-il référence au score d'un match de hockey ? Qui pouvait le savoir ?

Tu devrais lui demander. Que pourrait-il faire de mal si quelqu'un lui posait la question ?

Je me garai devant la boutique, bien plus près que je ne l'avais réussi la veille, et je vis qu'il ne restait que cinq minutes avant la fermeture. L'intérieur était vivement éclairé, le logo et les designs dans la vitrine étaient un étalage peu rigoureux d'œuvres d'art en noir et blanc, ainsi qu'en couleurs.

Me focalisant sur la positivité des louanges du Coach Gagnon et l'offre d'amitié de plusieurs membres de l'équipe, je sortis de la voiture. Il ne me fallut pas plus de vingt pas pour rejoindre la porte et lorsque j'ouvris, un bruit de carillon indiqua mon arrivée. L'éraflement du métal par terre fut suivi par l'apparition d'une personne depuis l'arrière d'un des panneaux qui cachait l'espace de travail. Mon souffle se coupa. Gatlin. Il cligna des yeux, comme s'il n'arrivait pas à croire que j'étais là.

— Je peux t'aider ? m'interrogea-t-il avec une voix curieuse.

— Je peux attendre.

Il ouvrit la bouche, probablement pour me rappeler l'heure de fermeture, mais il m'offrit ensuite un petit sourire et acquiesça plutôt.

— Assieds-toi, je termine et j'arrive.

Je choisis la chaise la plus proche de la vitrine, d'où je pouvais voir la route ainsi que les allées et venues dans le bar d'en face. Une pancarte à l'extérieur faisait la promotion d'un burger Railers, peu importait ce que c'était, mais j'imaginais que je devrais l'aimer. *Je devrais en manger un.*

Mon estomac gronda et j'appuyai une main dessus, perdu dans mes pensées et revenant seulement à la réalité quand la cloche sonna et que je me rendis compte que le client dont s'occupait Gatlin venait de quitter la boutique. Celui-ci disparut à nouveau derrière le panneau et je n'étais pas vraiment sûr de ce que je devais faire. Rester et attendre, ou voir ce qu'il faisait ? Je décidai d'aller droit au but et contournai la séparation pour le trouver. Il nettoyait ses instruments, les mettant dans un récipient contenant un liquide bleu. Lorsqu'il s'occupait de ses encres, je dus parler.

— Je m'excuse, laissai-je échapper. Pour ce qu'il s'est passé. C'était une mauvaise journée.

Il me lança un regard qui en disait long, puis il sourit à nouveau.

— Ne t'inquiète pas, déclara-t-il. Tu es là pour discuter du design ?

Je battis en retraite. Je n'étais pas venu pour parler de ça, non. Je voulais juste m'excuser. Voilà tout.

— Non, nous pouvons prendre rendez-vous. Désolé de t'avoir dérangé…

— Tu as faim ?

J'avais la réponse *non* sur le bout de ma langue, mais j'étais affamé et c'était stupide de dire le contraire.

— Oui.

— Fermons la boutique et allons nous prendre un burger. Ils ont le spécial Railers ce soir, il est toujours disponible les jours de match.

Il saisit mon coude et le serra. Il y avait tellement de sincérité dans son regard.

— Félicitations pour la victoire. En tant que fan, je dois dire à quel point c'est cool d'avoir un remplaçant viable pour Stan. Certaines personnes disent que la présaison, c'est du gâchis, mais quand on voit l'équipe réunie essayer les petits nouveaux, c'est toujours bon d'avoir une victoire solide.

Mon visage dut devenir écarlate puisqu'il gloussa et serra à nouveau mon coude. Il fit le tour de la boutique, éteignit presque toutes les lumières, sauf les spots qui montraient les designs de la vitrine, et tira le rideau. Nous quittâmes le magasin par la porte arrière et avançâmes dans la petite allée qui rejoignait la route, avant de partir directement au Binky's Pub.

La même serveuse que précédemment, Tina, nous accompagna à notre place et remplit nos verres d'eau.

— Deux « spécial Railers » ? demanda-t-elle avec un clin d'œil.

J'acquiesçai avec autant d'enthousiasme qu'un homme pouvait le faire sans savoir ce qu'était un spécial Railers.

Lorsqu'elle partit, je me penchai vers Gatlin.

— C'est quoi un spécial Railers ?

— C'est un burger normal, avec toutes les garnitures, mais la sauce Railers.

Je songeai à ma prochaine question pour ne pas avoir l'air trop stupide.

— Et la sauce, c'est… ?

Gatlin haussa les épaules et me sourit.

— Qui peut le savoir ? Mais elle est bonne.

Je bus une gorgée d'eau avant de reposer mon verre, récupérant la fourchette sur la table et la faisant tourbillonner dans mes mains.

— Donc, je suppose que tu veux parler du design ? s'enquit Gatlin.

Il posa le carnet que je l'avais vu mettre dans son sac quand nous avions quitté la boutique. Il sortit ses lunettes de sa besace bleue usée, les mit sur son nez et prit une page vierge avant de tracer à nouveau la silhouette d'un casque. Il me lança ensuite un regard rempli d'impatience.

— Par où veux-tu commencer ?

— Je ne sais pas.

Au moins, j'étais honnête.

Il tapota son crayon de papier sur le bloc et arbora une expression étrange, presque comme s'il pouvait voir clair en moi. Je me perdis dans son regard, dans sa façon de sourire et comme cela atteignait ses yeux. Je savais qu'il était plus vieux que moi. Mais de combien ? Le gris de sa barbe nette aurait pu indiquer n'importe quel âge et sa dextérité, quand il tapait le crayon telle une baguette de batterie, me poussa à me concentrer sur ses mains avec les ongles courts, ainsi que sur le bord d'un tatouage qui se voyait sous son t-shirt rouge. Le même t-shirt qui collait à sa silhouette mince et simple, celle qui me donnait envie de tendre la main et…

— Dis-moi pourquoi tu voulais être gardien.

Il interrompit mon fil de pensées et je me préparai mentalement à m'éclaircir les idées.

À ce moment-là, pouvais-je être honnête ? La véritable raison pour laquelle j'étais gardien depuis le début ? J'avais eu hâte d'intégrer l'équipe locale avant de faire mon coming-out à mes parents. Si on avait un poste dans l'équipe, on s'entraînait et on se rendait à des matchs pour lesquels il fallait prendre le bus. Être dans l'équipe locale, même si je n'avais que sept ans, me donnait une excuse pour ne pas rester à la maison et j'en avais besoin plus désespérément que d'air. Aucun des joueurs locaux ne voulait être gardien, et à l'âge de huit ans, c'était la raison pour laquelle j'avais décidé de l'être. J'avais donc une place dans l'équipe et d'ailleurs, j'étais assez doué. Je patinais aussi habilement à l'époque et cela consolidait ma place.

Je ne fus cependant pas complètement honnête avec Gatlin. Je me concentrai sur l'aspect technique du joueur qui se tenait dans les buts.

— Je crois que j'ai peut-être… ou au moins, j'ai l'impression que…

Je m'éclaircis la gorge, reconnaissant que Gatlin ne m'oblige pas à me hâter.

— Je crois que j'ai une capacité troublante à sentir le palet quand il arrive vers moi.

— Comme une vue particulière ? demanda-t-il.

Il griffonna une forme au coin de la page. Pour moi, c'était un oiseau de proie. Il était si talentueux.

— Une chouette, corrigeai-je. Presque comme si je pouvais voir les yeux fermés, dans l'obscurité, je veux dire, comme une chouette, ou du moins, j'entends.

Je baissai les yeux en me rendant compte de la diarrhée verbale que je générais.

— Rien de tout ça n'a l'air rationnel, n'est-ce pas ?

— J'adore et ton histoire t'appartient, murmura-t-il.

Cette fois-ci, le croquis ressembla plus à une chouette. Il transféra son attention sur le masque et dessina un œil, sortant un crayon couleur ambre pour emplir l'espace. Ma journée avait été truffée d'émotions, d'amitié proposée, de doux sourires. J'étais perdu.

Non, en fait, j'étais envoûté. Surtout quand je voyais

l'image être créée, quand j'entendais l'éraflement du crayon sur le papier, mais surtout, quand j'étudiais la courbe de son sourcil, la douceur de sa peau et le rose de ses lèvres que j'avais vraiment envie de goûter. Je ne voulais jamais arrêter de le regarder.

Quoi ?

Chapter Quatre

GATLIN

LES OISEAUX DE PROIE ÉTAIENT CE QUE JE PRÉFÉRAIS DESSINER. Je ne savais pas vraiment pourquoi. Peut-être que c'était à cause de la beauté de leurs plumes ou de l'éclat dans leur regard de chasseur. Les chouettes étaient particulièrement intéressantes et celle-ci, je l'envisageais un peu futuriste, peut-être. Je pouvais associer la beauté d'un chasseur nocturne avec le pouvoir de fer des Railers.

— La nourriture est servie.

Je levai les yeux de mon carnet de croquis. Bryan fit un signe de tête à Tina qui portait nos assiettes.

— Pardon.

Je leur lançai un sourire penaud à tous les deux et rangeai le tout dans mon sac à dos. La serveuse posa nos burgers devant nous et remplit nos verres d'eau. Je mis mes lunettes au sommet de mon crâne.

— Je suis un peu dans ma bulle quand je crée. Ça doit être la même chose pour toi lorsque tu es sur la glace et que ta vue de rapace se déclenche.

Ses yeux s'écarquillèrent légèrement.

— Ma vue de rapace. C'est assez cool.

— Il y a un jeu vidéo, qui s'appelle *Assassin's Creed,* dans lequel le personnage principal a cette capacité spéciale grâce à laquelle il peut voir comme un aigle.

Je retirai le haut du burger et mis une tonne de sel sur le steak couvert de fromage. La sauce coulait du pain et mon estomac gronda.

— La vue du personnage s'améliore quand tu es dans ce mode, donc j'imagine qu'on pourrait l'appeler comme ça. Les ennemis du joueur sont plus faciles à repérer. C'est ce que tu ressens avec le palet ?

Il prit une frite et la trempa dans la sauce qui coulait du burger.

— J'imagine. Pas exactement, mais en quelque sorte.

— Ça m'aide vraiment, plaisantai-je en replaçant le pain.

— Pardon, je devrais être plus concis.

Je levai les yeux de mes frites, que je salais également. Le sel était bon, malgré ce que mon médecin et ma pression sanguine flippante en disaient.

— Bryan, tu n'as pas à t'excuser. Je blaguais. Parfois, nous n'avons pas de façon directe d'expliquer quelque chose de spirituel.

Il acquiesça, mangea sa frite, puis se terra à nouveau dans cette coquille où il semblait passer beaucoup de temps. Je ne voulais pas que ça se reproduise. J'avais senti qu'il commençait à s'ouvrir et j'aimais quand il était détendu. Ses yeux n'étaient pas si tristes, son expression pas aussi circonspecte.

— Alors, qu'est-ce que tu penses d'une chouette radicalement futuriste sur ton casque ?

Je récupérai mon burger à deux mains et pris une grande bouchée, m'assurant que le hockeyeur ait du temps pour prévoir sa réponse.

— Genre, elle serait un peu robotique ?

Il prit également un morceau de son burger et son visage s'adoucit, comme si sa bouche se remplissait d'un délice.

— C'est bon, hein ? demandai-je.

Je sentis le goût du bœuf grillé à la flamme.

— Super bon, marmonna-t-il.

Il me sourit ensuite faiblement.

Oh ouais, le voilà. C'était son sourire. Il était infime, mais il était là. Si je pouvais en obtenir un d'une façon ou d'une autre et qu'il soit moins fragile… Comme celui qu'on pouvait voir sur la glace quand il était entouré par sa nouvelle équipe.

— Eh bien, un peu, ouais. C'est généralement une machine à vapeur. Je pense qu'on peut vraiment s'amuser avec ce design si tu veux bien le tenter.

Il mordit une autre bouchée et mâcha paresseusement. Sa mâchoire était forte, couverte d'une fine barbe. Bon sang, cet homme était beau. Si jeune, si timide, si plaisant de bien des façons.

Il est aussi jeune que ta nièce, ou pas loin. Ce qui signifie qu'il pourrait avoir l'âge de ton enfant si tu en avais un.

Non. Non. Garrett a dix ans de plus que moi. L'âge n'est qu'un nombre. Bon sang. Dans la communauté gay, c'est habituel de voir des jeunes fréquenter des plus vieux. Alors, ferme-la, voix intérieure. Et on ne sort pas ensemble. On ne flirte même pas. On a juste un dîner professionnel. Va te faire voir.

D'accord. Donc, tu n'étais pas en train d'admirer sa

mâchoire et cette peau lisse et souple couvrant son cou ? Tu fais ça avec tous tes clients ? Tordu.

— Tu vas bien ?

Je clignai des yeux pour revenir au présent.

— Pardon, je pensais à ton casque.

Il sembla accepter ce mensonge.

— Oh, d'accord. Je crois que j'aimerais voir ce que tu arriveras à faire avec une chouette futuriste.

Je lui lançai un large sourire et en obtins un en retour. Oh, bon sang. Mon Dieu, il était magnifique lorsque les ombres quittaient son regard. Quel homme merveilleux ! Mon estomac se noua quand je le regardai fixement, souhaitant qu'il continue de sourire. Bien sûr, il ne pouvait pas rester là, à sourire comme un idiot toute la nuit.

Nous réussîmes tout de même à discuter, de choses autres que le hockey et qui le rendaient moins tendu sur sa chaise. Lorsque nous eûmes fini nos plats et pensâmes au dessert (d'accord, *je* pensais au dessert), Bryan était presque totalement détendu. Son regard s'attardait sur moi pendant nos discussions, surtout quand nous évoquions mon passé. Lui ne semblait pas vouloir dévoiler grand-chose, à part si on parlait de musique ou de hockey.

— Tu es sûr que tu ne veux pas de glace ou autre chose ? demandai-je en essayant de décider quelle décadence choisir.

— Non, merci. Le burger et les frites étaient assez lourds. Je vais devoir courir plus longtemps sur le tapis demain pour brûler toutes ces calories vides.

— Ouais, moi aussi.

Je jetai un coup d'œil furtif vers mon ventre, puis je laissai tomber le menu des desserts sur la table.

— Tina ? L'addition, s'il te plaît.

Nous sortîmes dans la nuit et Bryan discutait d'un vieil album de KISS qu'il possédait avant. Je me retournai pour croiser son regard.

— Tu parles de *KISS Alive*. Je l'ai, en vinyle, signé par Gene Simmons.

Je regardai à gauche, puis à droite, et je me penchai suffisamment pour sentir l'odeur boisée de son gel douche.

— Je suis peut-être membre du fan-club de KISS depuis…

Il rit doucement, ce bruit était aussi beau que son sourire était magnifique.

— Si longtemps que ça, hein ?

— Ouais. On peut aller chez moi et l'écouter.

Et voilà, mon premier pas pour transformer ce repas d'affaires en quelque chose de totalement non professionnel. Peut-être que je devrais retirer l'invitation. Enfin, je n'avais jamais invité Stan à venir chez moi, au-dessus de Hard Score, pour écouter mes vieux disques rayés. Ouais, ce n'était probablement pas une bonne…

Son téléphone sonna.

— Je dois répondre. Attends.

Il leva un doigt, puis me tourna le dos, son portable contre son oreille gauche. J'acquiesçai et patientai, heureux d'être interrompu par cet appel parce que je m'apprêtais à franchir une frontière dont je ne devrais pas m'approcher. Probablement. *Est-ce que je le devrais ? Non. Pourquoi pas ?*

Bryan pivota pour me regarder, son visage désormais pincé et sombre.

— Je pense qu'on devrait aller chez toi pour écouter KISS.

— Oh, d'accord, ça me va.

Je lui fis un signe pour traverser la rue. Je marchai à ses côtés. Toute douceur et bonne humeur que j'avais vues auparavant avaient disparu. Sa mâchoire était à nouveau contractée, son regard était rivé vers le sol et ses épaules étaient au niveau de ses oreilles.

— Il faut juste que l'on contourne le bâtiment.

Je le guidai dans les escaliers à l'arrière d'Hard Score. Je montai en premier, sans dire un mot. Les pas lourds de Bryan suivaient les miens en quittant l'allée. La porte s'ouvrit avec un doux grincement des gonds rouillés. Je tendis la main pour allumer la lumière. C'était un petit endroit, assez confortable, grâce à Jess et à son affinité pour la peinture sur tout ce sur quoi elle pouvait poser un pinceau. Les murs étaient jaune miel, le grand tapis d'un rouge puissant et les meubles bleu et vert.

— C'est coloré, remarqua Bryan en se tenant dans l'embrasure de la porte.

— Jess, ma nièce, aime mettre de la couleur partout. Entre.

Je retirai mon sac et enlevai ma veste, les jetant sur la table derrière le canapé. Je marchai vers l'étagère qui soutenait une tonne de livres et mon système stéréo.

Il entra lentement dans mon appartement, ferma doucement la porte, comme s'il avait peur de réveiller quelqu'un. Il n'y avait rien en dessous à part un salon de tatouage. Sa méfiance m'inquiétait. J'aurais aimé qu'il se dévoile un peu, peut-être pour parler des problèmes qui le rendaient si circonspect, mais je doutais qu'il le fasse. Pas ce soir, en tout cas. Mais peut-être plus tard, un jour…

— Alors, tu peux enlever ta veste et te joindre à moi, déclarai-je.

J'ouvris un long tiroir en bas de l'étagère faite sur mesure, que j'avais obtenue d'un charpentier de métier en échange d'un bras tatoué. Je fis ensuite un signe de la main vers mon immense collection de vinyles.

Bryan fit ce que je lui demandais, puis s'agenouilla à côté de moi pour feuilleter les albums de rock classiques. Il avait de longs doigts. Ils touchaient doucement chaque disque. Il marqua un arrêt sur les vinyles de KISS et leva tendrement ma copie du double album live sorti en 1975.

— Comment as-tu pu avoir la signature de Gene Simmons, dessus ? demanda-t-il avec un ton chuchoté et respectueux que j'adorais.

Je voyais bien que le gamin était émerveillé par l'autographe d'un dieu démoniaque du heavy métal.

— C'est une longue histoire. Tu veux une bière ?

Il acquiesça, donc je me levai, lui pris l'album des mains et sortis le grand disque. Un instant plus tard, nos oreilles adorant le métal se délectaient de *Deuce*, joué en live. Je partis chercher deux bières dans le frigo. Lorsque je réapparus dans le salon, Bryan se tenait à côté du tourne-disque, les yeux fermés, perdu dans la joie totale des riffs de guitare d'Ace Frehley.

— Ils sont géniaux, déclara-t-il quand je tapai son coude avec une bouteille fraîche de Miller.

— Ils sont super bons. Tu veux t'asseoir ?

J'agitai ma bière en direction du canapé. Il inclina la tête, les rides d'inquiétude autour de sa bouche un peu moins prononcées. Il ne bougea pas, cependant, il resta planté là, sa bière fraîche à la main, me regardant fixement, comme si une étoile de mer dansait la Macarena sur le sommet de mon crâne.

— On peut s'asseoir, lui offris-je une fois de plus.

Il ne dit rien, se contentant de se pencher et d'appuyer sa bouche contre la mienne.

Dire que j'étais choqué aurait été l'euphémisme de l'année. Je clignai des yeux et le laissai faire ce qu'il voulait, parce que je n'étais pas assez ébahi pour le repousser. Ses paupières étaient fermées. Il appliqua davantage de pression, son souffle chaud passa sur ma joue. La batterie et les basses se transformèrent en bruit blanc alors que le baiser s'attardait, ses lèvres douces contre les miennes. J'ouvris ensuite la bouche assez grande pour toucher sa lèvre inférieure de ma langue. Un grognement rauque dans sa gorge m'indiqua qu'il adorait ça, donc je recommençai. Peut-être, en y repensant, que j'aurais dû reculer et lui demander pourquoi il m'embrassait. Peut-être que je pouvais être un homme bien et non un obsédé.

Mais non, je laissai mon érection guider la marche. Je léchai ses lèvres sans vergogne et lui touchai les côtes. Je le touchai simplement. Je ne l'attrapai pas de façon lubrique, j'effleurai à peine ses flancs avec le bout de mes doigts. Il se retira violemment, sa bière glissant de ses doigts et tombant par terre.

— Je ne peux pas…

Il me poussa et partit si rapidement qu'il atteignit la porte avant que je puisse réfléchir.

À nouveau, je le pourchassai, mais cette fois-ci, il avait disparu. Je m'assis sur la dernière marche menant chez moi et regardai fixement l'allée vide. Un chat traversa quelques minutes plus tard, sa silhouette sombre, mince et sexy apparaissant à la lumière d'un lampadaire.

— C'est quoi ce délire ? demandai-je au chat errant.

Il bondit sur le couvercle d'une poubelle qui appartenait à la bibliothèque occulte à côté de ma boutique et me toisa de ses yeux dorés.

— Si tu es familier avec ce genre de situation, tu peux m'aider ? Peut-être que tu aurais des pouvoirs magiques pour t'assurer que ma queue ne guide pas mes actions ?

Le chat commença à se lécher les testicules. Sympa.

Le voilà, ton signe, abruti.

— Si je pouvais faire ça, je n'aurais pas besoin d'un homme dans mon lit.

Je soupirai, me levai et remontai dans mon appartement pour essuyer la bière et réfléchir à ce dans quoi je m'impliquais et pourquoi. Le pourquoi était évident. Bryan avait commencé à s'insinuer dans ma peau et, d'une certaine façon, dans mon cœur. Il était blessé, évidemment, et je voulais être celui qui pouvait le guérir, si possible. Son sourire devrait être vu constamment par le monde entier. Qu'est-ce que je racontais ? Là, je mettais le pied sur une masse nuageuse d'incertitude. Même si j'avais quelques idées, je n'avais rien de concret et j'allais donc devoir attendre que ce beau gardien nerveux revienne chercher sa veste. Ou peut-être que je pouvais lui rapporter demain ?

— Ou tu pourrais prendre une douche froide et laisser ce mec tranquille.

Ouais. D'accord. C'était logique, puisque si je retournais vers lui trop tôt, il allait à nouveau se dérober. J'éteignis la musique de Paul, Gene, Ace et Peter avant d'aller sous la douche. Je faillis bondir quand l'eau froide heurta mes testicules, mais elle réalisa son œuvre. Entrer seul dans mon lit king-size craignait. Je jetai l'oreiller inutile, avant de donner un coup de poing dedans, puis de le coincer contre mon ventre et de le prendre en cuillère. Comme je le faisais avant avec Rex. Avant que je devienne un Schnauzer à ses yeux. Le salaud.

Je me tournai et me retournai, rejouant la scène avec Bryan. Je me résolus à ne plus jamais revoir ce gamin. Je jurai ensuite que je ferais de mon mieux pour l'aider à se sortir de la situation dangereuse qu'il redoutait. Je me traitai alors de crétin et roulai sur le ventre. Puis, aux alentours de deux heures trente, je sortis de mes draps emmêlés, enfilai un pyjama et un vieux t-shirt avant de siroter une bière et d'écouter Yes. Leur album *Fragile* semblait être approprié avec mon humeur agitée, tout comme il correspondait au jeune homme tendre dont je tombais lentement amoureux. Mes paupières devinrent lourdes quand je laissai la musique pénétrer mes sens.

Le sommeil arriva finalement aux alentours de trois heures, et heureusement, je pus dormir jusqu'à onze heures, puisque ma boutique ouvrait plus tard dans la journée. Même après mon repos, j'étais épuisé. Enfin, je n'étais plus tout jeune, mais j'avais l'air encore plus vieux que d'habitude et je le ressentais aussi. Mon cœur était lourd à cause de l'inquiétude pour un homme qui ne faisait rien d'autre que s'enfuir chaque fois que nous nous rapprochions. Pourquoi tout le monde s'échappait de ma vie ? J'ouvris ma porte et là se trouvait le chat noir. Il siffla et cracha, puis courut dans les escaliers et hors de ma vue.

— C'est typique, marmonnai-je.

J'attrapai la veste de Bryan sur le canapé, puis enfilai une parka épaisse pour descendre au magasin et attaquer ma journée. Je n'étais en aucun cas préparé à affronter mon grand frère, qui m'attendait sur le sofa usé, dans son costume serré et impeccable. Je savais que je n'aurais

jamais dû lui donner la clé du magasin. Avais-je besoin de
ça aujourd'hui ?

— Si tu es là pour parler de banques ou de retraite, tu
peux tout te foutre dans ton cul guindé.

— Penser à ce que tu prévois de faire quand cette
boutique fermera n'est pas vraiment ce que je qualifierais
de guindé, marmonna Garrett, suffisamment fort pour être
sûr que je l'entende.

Pff. J'avais envie de lui balancer un pistolet à tatouage
dans la tête juste pour ébouriffer ses cheveux bien coiffés.
Avais-je même peigné les miens ? Merde. Non, j'avais dû
oublier.

— Vu ta tête, on dirait que quelqu'un a écrasé ton
chien.

— La nuit a été difficile.

Je poussai le panneau de confidentialité sur le côté et
entrai dans mon petit espace de solitude. Oups, pas de
solitude aujourd'hui, puisque Garrett arriva une seconde
plus tard.

— Tu es dans tous tes états à cause d'un homme ?

Je lui lançai un regard noir, puis tournai en rond, me
demandant où étaient mes lunettes. Merde, comment
faisais-je pour les perdre constamment ?

— Ce n'est pas un homme, mentis-je.

Je m'arrêtai ensuite pour plisser les yeux vers Garrett,
près de mon bureau.

— Tu te souviens quand tu disais que j'avais besoin de
sauver tout et tout le monde. Tu penses toujours que c'est
vrai ?

— Un humain sur cette Terre n'a jamais rien prononcé
de plus vrai.

Je levai les yeux au ciel.

— Tu veux que je liste tous les animaux que tu as ramenés à la maison quand on était gamins ou tous les hommes que tu as dû sauver d'eux-mêmes et du monde cruel autour d'eux ? Oserais-je mentionner Rex, l'alcoolique pas totalement guéri que tu as juré de sauver à cause de ta pure détermination, de l'amour et de la volonté ?

— D'accord, citer Rex n'était carrément pas nécessaire.

— CQFD. Mais si tu as besoin de preuves, j'ai effectivement une liste des animaux, ajouta-t-il avant de hausser un sourcil.

Lui jeter ce pistolet à tatouage semblait être une meilleure idée à chaque seconde qui passait.

— Je suis sûr qu'on peut collecter des données sur la liste des hommes tordus et s'accorder un jour ou deux pour se rappeler tout le monde.

— Va. Te. Faire. Foutre.

Je passai mes doigts dans mes cheveux, en signe d'exaspération, et j'y trouvai mes lunettes. Je les levai avant de les placer sur mon nez.

— D'accord, donc il y a cet homme. Un jeune homme et, mon Dieu, Garrett, il est hanté. Je sens quelque chose de sombre qui plane autour de lui, mais il est juste si nerveux.

— Gatlin, il faut vraiment que tu te remettes du fait de ne pas avoir pu sauver Gina.

Il posa les mains sur mon bureau, le regard peiné.

— Tu ne peux pas sauver tous les humains qui se retrouvent dans une mauvaise passe.

— Cet homme n'a *rien* à voir avec Gina !

— Tout a un rapport avec Gina, affirma mon frère avant de soupirer.

Il me donna une claque sur l'épaule et partit avant que nous nous bagarrions à nouveau.

La cloche au-dessus de la porte d'entrée sonna quand il quitta la boutique. Cela m'emplit de joie de savoir qu'il était parti, surtout parce que ce salaud avait raison, sur un point, en tout cas. Tout ce que je faisais se rapportait à ma sœur et à sa mort, par ma faute.

Chapter Cinq

BRYAN

Oɴ ᴛᴀᴘᴏᴛᴀ sᴜʀ ᴍᴏɴ ᴄᴀsQᴜᴇ, ᴄᴇ Qᴜɪ ᴍᴇ ʀᴀᴍᴇɴᴀ sɪ brutalement à la réalité que je braillai et titubai en arrière, poussant la personne qui se trouvait dans mon espace personnel, puis attrapant le maillot pour l'attirer vers moi.

— Merde ! cria le joueur.

— Putain ! ajoutai-je.

Je relâchai ma prise, reculant légèrement, puis posant une main gantée sur mon cœur.

Ten était plié en deux, sa crosse sur les genoux, soupirant lourdement. Je me rendis compte que j'avais dû lui asséner un violent coup avec mon bloqueur et que j'avais dû heurter son torse. *Putain. Merde. Pas Ten.*

Je m'approchai immédiatement de lui, posant ma main sur son épaule, puis remarquai que nous avions attiré une petite foule de mecs en maillots blancs d'entraînement.

— Tu vas bien, champion ? demanda Connor à Ten en lui tapotant les fesses avec sa crosse.

J'aurais dû lui poser la question, mais j'étais ébahi par la pure stupidité de mon acte.

J'avais été si perdu dans mes pensées, à cause du désastre de la semaine dernière, que j'avais été surpris en train de rêvasser.

Recevoir un appel d'Aarni, juste avant d'aller écouter de la musique avec Gatlin, avait été ce dont j'avais eu besoin. Je me sentais attiré par ce tatoueur, et entendre la voix de mon petit ami m'avait empêché de faire quoi que ce soit. Mais cela n'avait pas été Aarni, plutôt un mec quelconque qui lui avait pris son téléphone, articulant mal en me disant qu'il était enfoncé en lui jusqu'à la garde, puis me demandant si je voulais des photos ? Bien sûr, Aarni avait repris son portable, mais il était essoufflé et riait, agissant comme si ce n'était rien.

Il avait tort. C'était *quelque chose*.

La colère m'avait poussé à embrasser Gatlin. Ma mauvaise humeur, mêlée à la douleur et à la déception, avait gonflé en moi et s'était déversée, m'incitant à commettre la plus grosse erreur de ma vie. Gatlin avait approfondi le baiser et m'avait touché. J'avais eu Aarni en tête, en train de me dire que j'étais un allumeur et exigeant que je parte.

Bon sang, j'étais parti si vite que le tatoueur n'aurait pas pu me rattraper, même s'il avait essayé, ce qui n'était probablement pas le cas. J'avais de la chance qu'Aarni voie qu'il y avait un homme au-delà de ma gêne sociale. J'avais effrayé tout autre mec pour une relation sexuelle ou amicale.

Mais j'avais laissé ma foutue veste chez Gatlin. Ce qui signifiait que je devais y retourner. Et pour le design du casque ? J'allais être obligé de le revoir et observer la déception dans son regard quand il se rendrait compte qu'il perdait son temps avec un idiot comme moi.

Allumeur.

— La Terre à Bryan ? Tu vas bien ?

Connor me parlait et je me reconcentrai sur le moment présent.

Adler pépiait sur Ten.

— Bon sang, Superstar, si tu ne supportes pas un coup de bloqueur au visage, comment tu vas gérer un écrasement contre les panneaux en Plexiglas ?

— Va te faire foutre, Gueule d'or, dit Ten en se redressant.

Je m'attendais à ce qu'il perde son calme et qu'il me dise que j'étais un putain d'idiot, mais il se contenta de sourire et de me tapoter le torse.

— Tu as un sacré crochet du droit, Bry.

Je jetai un coup d'œil à ma main tenant le bloqueur et la levai.

— Crochet du gauche, en fait, réussis-je à dire.

Tout le monde rit. Pas de moi, mais *avec* moi.

— Désolé, Ten.

Il me donna une claque sur l'épaule.

— Excuse-moi de t'avoir fait peur.

— Tu ne m'as pas fait peur. Enfin, je réfléchissais, c'est tout.

— Eh bien, peu importe ce à quoi tu pensais, c'était sacrément sérieux.

Les autres s'étaient éloignés, nous laissant seuls, Ten et moi. Mes maladresses en société revinrent au premier plan.

— J'ai lâché ma veste chez Gatlin, laissai-je échapper.

Il me lança un regard avec lequel j'étais familier. Il ne comprenait pas vraiment ce que je voulais dire, mais il était trop poli pour me le faire remarquer.

— D'accooord, déclara-t-il d'une voix traînante avant de repartir vers le groupe. Bref, c'est à ton tour.

Je me dépêchai de rejoindre le filet et tournai le dos à tout le monde, posant mes mains sur le but et baissant la tête. Merci mon Dieu. Mes coéquipiers allaient probablement mettre ma stupidité sur le compte des bizarreries dignes d'un gardien. Après tout, ils étaient habitués avec Stan. En revanche, ce dont j'avais besoin, ce n'était que de quelques instants pour calmer mon cœur tambourinant et oublier que je m'étais complètement perdu, pensant à des choses auxquelles je n'aurais même pas dû songer.

Je n'arrivais pas à me sortir le baiser de la tête. Sept jours s'étaient écoulés et je désirais goûter une nouvelle fois Gatlin, ou au moins, partager un autre repas au bar où nous pourrions parler de musique. Il écoutait vraiment mes opinions et paraissait me trouver intéressant, jusqu'à ce que je gâche tout.

Aarni m'avait appelé pour m'expliquer qui était l'inconnu. Un ami venu lui rendre visite. Voilà tout. La raison était sincère et j'acceptais son regret, tout en étant consumé par la culpabilité.

Peut-être que je devrais rester loin de Gatlin. J'avais suffisamment d'argent pour m'acheter une nouvelle veste et je pouvais trouver un autre artiste pour le casque.

Mais je veux le voir, lui.

Je lui devais une sacrée excuse pour l'avoir forcé à m'embrasser et mon horrible explication par SMS le lendemain n'avait reçu aucune réponse. Je me reprochais encore ce qui était arrivé.

Un coup de fil stupide d'Aarni et j'avais perdu le contrôle. J'étais devenu un gars désespéré qui utilisait sa taille et son poids pour embrasser avec force un mec qui n'aimait peut-être même pas les hommes.

Tu as vu la façon dont il te regarde. Tu as vu le tatouage arc-en-ciel sur son poignet. Tu l'as senti te toucher de façon familière.

La tension me traversa et je me sentis malade, la nausée s'accrochant à moi. Que Dieu me vienne en aide, je crus que j'allais réellement vomir.

Quelqu'un bougea à côté de moi et je sus que ça devait être Stan. Il me surveillait, ces derniers jours. Nous avions eu un autre match de présaison contre Boston et j'avais tellement merdé que j'étais surpris d'avoir encore un contrat. Dix minutes sur la glace, cinq tirs cadrés dans le but des Railers et tous m'avaient échappé. J'étais comme une passoire et le coach m'avait fait quitter la glace, envoyant Stan à la place.

La force mentale était vitale pour un gardien et ma vision de rapace avait spectaculairement failli.

Stan tapota la cage.

— Bon but, il aime parler.

J'observai son regard chaleureux et vis le masque au sommet de son crâne, avec le logo des Railers dans une merveilleuse volute de fumée. C'était le travail de Gatlin et quelque chose saisit brutalement ma poitrine.

— Touche, m'ordonna Stan en tâtant le filet.

Instinctivement, je fis ce qu'il me dit, tapotant la cage comme lui et affichant un sourire sur mon visage.

— C'est bon dans la tête.

Il repartit ensuite à l'autre bout de la patinoire pour rejoindre le coach Gagnon. Qu'était-il en train de lui dire ? Expliquait-il que j'étais en train de tout gâcher ?

Je baissai mon masque et me retournai pour faire face à

l'équipe avec détermination. Ils étaient tous alignés, attendant et discutant, ne fixant absolument pas leur gardien remplaçant.

Je calmai ma respiration et me penchai en avant, éclaircissant mes pensées. Je rebondis ensuite sur place, pliai les genoux et enfin, je fus prêt.

Je hochai la tête. La ligne de Ten passa en premier, avec une passe en une deux. Ils se lançaient vivement le palet. Je levai la main et l'attrapai. C'était comme si j'avais de l'acier dans ma colonne vertébrale. Que tout le reste aille se faire voir, c'était ce que j'aimais et j'étais doué là-dedans. Le reste, ce n'était que du bruit.

Lorsque l'entraînement se termina, je transpirais, j'étais épuisé et heureux, et nous retournâmes dans les vestiaires. Adler criait à propos du shampoing à la fraise et des patineurs artistiques, ou une connerie de ce genre, et Dieter le poussait de temps en temps.

— J'ai un mot à te dire quand tu auras fini, me dit le coach Gagnon quand je passai.

Il n'y avait aucune accusation dans son ton. Il ne paraissait pas en colère, mais la sensation de peur qui m'avait marqué ce matin était de retour et semblait vengeresse.

Une fois douché et habillé, je partis vers le bureau du coach, me mettant sur le côté pour laisser sortir Jared Madsen. J'étais incapable de le regarder dans les yeux après ce que j'avais fait à Ten. Visiblement, il n'avait pas envie de me tuer, donc c'était une bonne chose.

Peut-être qu'il n'est pas encore au courant.

Je cognai mes doigts contre le cadre de la porte et le coach Gagnon, parlant au téléphone et souriant, me fit signe d'entrer.

— Ferme la porte, fils.

La peur s'intensifia. Elle était comme un poids mort sur mon torse.

— Assieds-toi.

Je m'installai sur la chaise usée et m'éloignai de la table pour entrer dans le petit espace dédié aux visiteurs.

— Je peux faire mieux, déclarai-je rapidement. Désolé pour Ten.

Il ignora ce que je dis, posant ses coudes sur la table, entrelaçant ses doigts et m'observant d'un air pensif.

— Comment vas-tu, Bryan ?

— Bien, mentis-je.

Il émit un petit bruit, un *hmm* incrédule, et ce n'était pas de bon augure, particulièrement quand il se mit également à froncer les sourcils.

— Comment trouves-tu les séances de concentration ?

J'ouvris la bouche pour mentir, mais il me fixait et je crus qu'il pouvait voir clair en moi. Je trouvais ces séances insupportables, puisque je devais rester assis en silence à écouter mon corps. Ce n'était pas naturel. Je pensais déjà le faire, mais pas de façon si raisonnée.

— Difficiles, Coach.

Il acquiesça et me lança un doux sourire. Je fus soulagé d'avoir dit une bonne réponse. Il marqua une pause pendant un moment et je me demandai s'il attendait que je déclare autre chose.

— D'accord, voilà le truc. Je sais à quel point c'est compliqué d'arriver d'une autre équipe et j'aimerais que tu obtiennes de l'aide pour te mettre à l'aise. J'ai pris rendez-vous avec Mitchell Grafton. Il est d'astreinte pour les Railers et il est actuellement notre psychologue. C'est un ancien joueur, quelqu'un de bien, et j'aimerais que tu le voies pour discuter.

Un psychologue? Nom de Dieu, j'avais passé une grande partie de ma vie à éviter cette connerie et j'essayai de trouver une raison pour ne pas déballer mes sentiments.

— Je me suis déjà excusé pour avoir frappé Ten. C'était un accident. Il était au mauvais moment au mauvais endroit, me défendis-je.

— Il a connu pire qu'un coup de bloqueur dans le torse.

— C'était un accident. Il m'a parlé et ça m'a surpris. J'étais concentré.

Ce mensonge avait un goût ignoble sur ma langue, mais Alain Gagnon était un ancien joueur et il savait ce que c'était d'être en pleine concentration.

Cela fonctionna. Alain gloussa, puis toussa pour s'éclaircir la gorge.

— D'accord, alors ton rendez-vous commence dans dix minutes. Va jusque dans le hall et ce sera la salle C23.

— Quoi? Maintenant?

— Maintenant.

— Mais, Coach, je voulais prendre du temps pour du renforcement et de la préparation physique.

— Tu pourras rattraper ça plus tard.

Il me lança un regard calme et je sus que je devais dire quelque chose pour rétropédaler, mais je n'allais pas me disputer avec l'homme qui tenait mon futur entre ses mains. Tout ce qu'il avait à faire, c'était de dire à notre manager ou à notre coach principal que je n'étais pas mentalement prêt et je serais alors renvoyé des Railers.

— Bryan?

Je me reconcentrai sur la voix de l'entraîneur.

— Pardon ?

— Ce n'est pas négociable.

Le gloussement d'Aarni me parvint en tête. *Je savais que tu ne tiendrais pas un mois, ici.*

— Oui, Coach.

JE ME RETROUVAI DONC devant le bureau C23, le poing serré, prêt à frapper et ayant l'impression d'être un gamin de quinze ans rencontrant ma famille d'accueil pour la première fois. Je savais à cette époque qu'ils auraient de nombreuses questions et cette peur familière me saisit. Je reculai, loin de la porte, et m'appuyai contre le mur. J'étais heureux que cette pièce soit dans un couloir recourbé se terminant en cul-de-sac. Je n'avais donc aucune raison de discuter avec ceux qui passaient, pour qu'ils voient à quel point Bryan Delaney était tordu.

Puis, avant que je puisse me remettre en doute à nouveau, je frappai à la porte et avançai après un « entrez » étouffé.

Je m'attendais à voir un canapé et un homme avec des cheveux gris qui me regarderait fixement alors que je pleurerais sur ma vie.

Au lieu de ça, il y avait des sofas avec des coussins et des maillots mis sous verre accrochés sur tout le tour de la pièce. Le pot à crayons sur le bureau était une réplique miniature de la coupe Stanley et l'homme que j'étais venu voir était à quatre pattes par terre, récupérant ce qui ressemblait à une quantité de trombones utile pour toute une vie.

— Merde, jura-t-il. Pardon, je suis à vous dans une

minute. J'ai eu mon premier rendez-vous il y a une demi-heure et je déballais mes affaires.

Il se reconcentra sur sa tâche et empila les trombones.

— Vous voulez bien me passer ça ?

Il me fit un signe vers une petite boîte en carton qui avait roulé jusqu'à la porte. Je la récupérai et la lui donnai. Il y rangea chaque trombone et se leva enfin, époussetant son pantalon avant de tendre une main vers moi.

— Mitchel Grafton. Appelez-moi Mitch. Et vous êtes Bryan Delaney, le gardien remplaçant. Je vous ai vu jouer contre les Jets en 2015. Vous avez fait de jolis arrêts pendant les tirs au but, vous avez de bonnes mains.

Je ne m'attendais pas à un mec qui n'arrêtait pas de parler, mais sérieusement, il était tout sourire, heureux et confiant. Je le détestais et avais sincèrement envie de quitter la pièce.

— Merci, déclarai-je plutôt.

— Asseyez-vous, asseyez-vous.

Il choisit un canapé, donc je pris l'autre, m'enfonçant sur le cuir noir confortable et attendant que les questions commencent.

— Dites-moi la vérité, commença Mitch.

Il se pencha en avant, sincère et concentré.

C'est parti.

— Je vais essayer.

— J'ai lu que parfois, vous fermiez les yeux pendant l'entraînement. C'est vrai ?

Attendez. Pourquoi ne me posait-il pas de questions sur mes parents ou ma vie sexuelle ? Et pourquoi ne me demandait-il pas mon opinion sur des images où je ne pouvais voir que des taches d'encre ?

— Oui.

Je m'éclaircis la gorge.

— Je sais, c'est bizarre, mais je me connecte avec la glace.

Mitch me sourit.

— C'est la chose la plus cool que j'ai jamais entendue. J'ai joué au hockey au niveau universitaire, pas en tant que gardien, mais j'étais dans la défense la moins efficace de la NCAA. Peut-être que nous aurions tous dû fermer les yeux pour ressentir une connexion avec la glace.

Est-ce qu'il me taquine ? Est-il en train de se moquer de mon étrangeté ?

Visiblement non. Je voyais simplement qu'il était sincère.

— Peut-être, dis-je.

— Bref, par où commençons-nous ? Le coach Gagnon voulait que je vous parle de conscience, mais avant ça, j'aimerais savoir qui est le vrai Bryan Delaney. Où êtes-vous né ?

Je fis un signe vers ses genoux.

— Vous n'avez pas besoin d'un bloc-notes ou d'un carnet.

Il secoua la tête.

— Je ne prends pas de notes. Je ne suis pas ce genre de thérapeute. Je veux simplement discuter, d'homme à homme, pour voir comment nous pouvons travailler ensemble et rendre vos pensées plus calmes, dans le filet.

— Et si je n'ai pas besoin de ça ?

— Nous allons découvrir si c'est le cas ou non et nous travaillerons à partir de ça.

Résigné et incapable de fuir jusqu'à la porte, j'entrelaçai mes doigts sur mes cuisses. Mes paumes étaient moites, ma poitrine serrée et je me préparais pour tout genre de questions indiscrètes. À commencer par l'endroit où j'étais né, ce qui me mènerait à parler de mes parents.

— Je suis né au Canada, déclarai-je avant qu'il puisse me le redemander.

J'avais une histoire bien rodée et elle était dans ma biographie, si on cherchait suffisamment.

— Mon père était mécanicien, ma mère secrétaire pour l'église de notre quartier. J'allais à l'école dans la ville où je suis né. J'ai joué mon premier match de hockey à quatre ans avec mon meilleur ami, Darren, et j'ai emménagé dans une famille d'accueil à Erie, quand j'avais quinze ans.

Mitch me lança un regard prudent.

— Commençons par le début.

S'il vous plaît, non.

— Pourquoi ?

— J'essaie simplement d'avoir une meilleure perspective.

Mon agacement grimpa en flèche. Qu'est-ce qui donnait le droit aux Railers de savoir toutes les informations sur mon passé, bordel ? J'étais à eux, maintenant, mais tous ces trucs datant de mon enfance n'étaient pas importants. J'avais même les mots sur le bout de la langue, mais Mitch me devança.

— Alors, votre père était mécanicien et votre mère, secrétaire. L'un d'entre eux jouait au hockey ?

Je ne pus m'empêcher de ricaner, imaginant ma mère avec son visage amer sur des patins, ou mon père, ivre, essayant de rester debout sur la terre ferme. Ça aurait été encore pire sur de la glace. Bien sûr, ce n'était pas la chose à faire, puisque je vis un éclat d'intérêt dans le regard sérieux du psychologue.

— Comment vous êtes-vous retrouvé à jouer au hockey ?

— L'oncle de mon meilleur ami était coach et prêtre dans le coin. Il nous y emmenait tous les deux.

— Prêtre ? Vous êtes catholique pratiquant ?

— Non.

C'était une boîte de Pandore que je n'allais *pas* ouvrir et je devinai que mon ton fut suffisant pour qu'il laisse tomber. Mon agacement était comme de l'acide sous ma peau et je devais vraiment faire des efforts pour rester assis sur ma chaise.

— Vous avez quitté la maison à quinze ans.

Et il était grand temps.

— Beaucoup de gamins sont sélectionnés pour jouer au hockey et doivent vivre avec de nouvelles familles.

— Je sais. Parlez-moi de celle dans laquelle vous avez fini.

— Daisy, la mère, est mariée à George. Et ils ont deux enfants, Emma et Tom. J'ai aimé le temps que j'ai passé avec eux jusqu'à ce que je déménage en Arizona quand un achat m'a envoyé chez les Raptors.

— Mais vous n'étiez pas heureux, chez vous, au Canada ?

— Je n'ai jamais dit ça.

Mitch fronça les sourcils et secoua la tête.

— Les Raptors étaient une équipe difficile.

Il ne développa pas davantage et je n'allais pas lui offrir quoi que ce soit, de toute façon.

— Êtes-vous toujours proche de votre famille d'accueil ?

Lorsque la session se termina, Mitch en savait très peu sur qui j'étais vraiment et je ne lui avais certainement pas parlé de mes quinze premières années, ni du fait que j'avais été surpris en train d'embrasser le neveu du prêtre et que je n'étais plus catholique. Bon sang, je ne lui avais même pas parlé d'Aarni, qui était mon petit ami, même s'il était au courant que j'étais gay. Il ne cilla pas une seule fois en entendant ce que j'avais prévu de lui dire. Je me félicitai pour mon succès et me sentis plus calme. Peut-être que c'était utile de parler, en fin de compte.

— Merci d'être venu me voir, conclut Mitch en me serrant la main.

J'étais arrivé dans le couloir, partant en direction des escaliers, quand il m'appela.

— Même heure vendredi ?

Je lui fis un signe de la main, sans vraiment accepter d'être là. Je ne pouvais rien dire de plus pour l'instant. J'étais épuisé après avoir contourné la vérité et évité le passé. J'avais mal à la tête.

Ça n'aida pas que Ten m'accule au niveau des casiers, alors que je sortais mon blouson épais pour remplacer ma veste.

— Regarde ton téléphone. Il y a une invitation pour une fête de présaison, chez nous. On va boire des bières, discuter, et je crois que Jared va faire un barbecue.

— Je ne suis pas sûr de pouvoir venir, laissai-je échapper avant de me rendre compte de ce que j'avais fait.

Il n'avait même pas mentionné de date et je venais juste de merder. La dernière chose dont j'avais envie, c'était de devenir sociable avec les membres de l'équipe. Quand les Raptors traînaient ensemble, en dehors du hockey, c'était une excuse pour s'enivrer et se moquer de quiconque montrait une once de vulnérabilité. Le gardien discret était en haut de la liste de tout le monde. Mais ne songez pas une seule seconde que j'étais incapable de réfléchir sur le vif.

— Je me lave les cheveux, lançai-je.

Je transformai toujours le tout en plaisanterie.

Ten passa de confus à heureux en une milliseconde, avant de cogner mon poing avec le sien.

— Dimanche, ça commence à seize heures, je t'ai envoyé les détails par message.

Il partit, avec sa veste Railers. Je regardai mon stupide blouson Raptors avant de le balancer dans le casier.

Je n'allais peut-être pas rester avec cette équipe très longtemps, mais je pourrais m'acheter l'une de leurs vestes et la vendre sur eBay, plus tard, quand ils me laisseraient tomber.

J'avais deux matchs de présaison pour montrer que je n'étais pas nul et solidifier ma place en tant que bon remplaçant pour Stan, ainsi qu'une fête avec l'équipe à subir sans passer pour un idiot.

Cependant, j'arrivais seulement à penser à Aarni, à la blonde, à l'homme non identifié au téléphone, ainsi qu'à Gatlin avec sa voix voluptueuse et ses yeux doux.

Et j'étais las de tout cela.

Chapter Six

— Tu viens.

Je jetai un coup d'œil au Russe, assis dans ma chaise, qui se faisait ajouter des couleurs sur un nouveau tatouage. Stan me fixa en retour.

— Tu viens.

— J'apprécie l'offre, mais tu me préviens au dernier moment. J'ai peut-être quelque chose d'autre de prévu pour la soirée.

— Quel plan ? Tu as de meilleurs plans que faire la fête avec nous ?

Il me regarda droit dans les yeux et je reportai mon attention sur le bleu clair qui remplissait le bébé lapin sur son poignet. Un petit lapereau. Tout poilu et adorable, avec le nom de son fils au milieu des fleurs. Noah le lapin faisait des cabrioles. Enfin, Noah était le fils d'Erik, mais essayez donc de dire ça à Stan. Ou à sa mère. Ce garçon était autant à eux qu'à Erik.

— Je n'ai pas dit que j'avais quelque chose de prévu. J'ai dit que c'était possible. Tu vas bien ?

Je levai les yeux, retirant l'aiguille quand il bougea la main.

— La douleur est trop intense au niveau du pouls? Beaucoup de gens s'en plaignent. On peut faire une pause.

— Non, c'est bon pour le pouls. Tu dois me dire que tu viens. Grande fête. On amène Mama et Noah. Beaucoup de femmes et d'enfants. Une bière seulement à cause de l'entraînement pour la nouvelle saison. On passe de bons moments. Tu viens.

Je soupirai.

— Stan…

Ce n'était pas que je ne voulais pas y aller. J'en avais envie. J'aimais les gars de l'équipe et j'étais flatté qu'ils considèrent que je faisais partie de leur cercle d'intimes. Mais si tous les Railers y allaient, Bryan serait sûrement là aussi. Tout ce désastre devait encore être résolu. Pourquoi? Oh, parce que le dur à cuir tatoueur n'avait pas le courage d'appeler ce mec, ou vice-versa, apparemment. Ce baiser avait fait passer les choses d'une simple attirance à une envie de s'envoyer en l'air et je n'étais pas certain que Bryan soit partant pour…

— Tu as une tête bizarre.

— Je suis né avec, lançai-je pour cacher mon erreur.

Stan gloussa, avant de tendre la main pour se débarrasser des picotements, à mon avis.

— Tu es un vieil homme sexy.

— Merci, ricanai-je.

Il se redressa pour chasser les crampes qu'il avait à cause de son bras plié.

— Je ne voulais pas dire vieux. Genre « mon vieux », mais tu es encore assez jeune pour travailler. Tu vois? Aussi clair qu'un soleil qui brille sur le visage.

J'ignorais totalement ce qu'il venait de dire.

— C'est ça, c'est aussi clair qu'un soleil qui brille sur le visage.

— Ah, c'est une bonne discussion. Tu es malin. Malin et vieux, ça va ensemble. Alors, tu viens.

Je croisai les bras sur mon torse, mon pistolet à tatouage dans ma main droite couverte de latex.

— Est-ce que tu vas continuer à me harceler jusqu'à ce que je cède ?

Il acquiesça férocement.

— Je harcèle beaucoup. Tu viens. Tu vois les amis. Tu manges bonne nourriture. Tu fais rebondir bébé Noah sur tes genoux. Tu viens.

— D'accord, concédai-je en levant les mains. J'abandonne. Je vais venir. Envoie-moi l'adresse de Tennant et Jared.

Son sourire fut large et sincère.

— C'est bien ! Tu verras. Bon temps pour tout le monde.

Je doutais que la soirée de dimanche soit bonne pour tous les invités, mais au moins, c'était mieux que de rester assis chez moi à regarder fixement la veste de Bryan tout en me tripotant.

— Maintenant, travaille sur nouveau tatouage de Noah.

— C'est toi qui n'arrêtes pas de me distraire, lui fis-je remarquer avec un petit rire.

Le sourire Stan grandit encore.

— Oui, mais tu viens maintenant. Distraire, c'est du bon boulot.

• • •

LE DIMANCHE SOIR arriva et j'étais presque certain que rien n'irait, rien ne serait même supportable. Je me sentais stupide, pas assez bien habillé, trop vieux. Je m'apprêtais à frapper à la porte de Jared Madsen avec la veste de Bryan sur mon bras. Merde. Peut-être que j'aurais dû la laisser dans ma voiture. Ouais, bonne idée. Je me précipitai vers mon véhicule, y jetai le vêtement, puis trottinai jusqu'à chez Jared et sonnai. J'entendais la fête d'ici. Quand la porte fut ouverte brutalement, le bruit des rires, à la fois des adultes et des enfants, s'éleva dans l'air de ce début de soirée d'octobre.

— Gatlin, mec, je suis tellement content que tu aies pu venir !

Tennant saisit ma main, la serra et m'attira chez lui.

— Yo ! Notre tatoueur est arrivé.

Tout le monde, dans cet appartement décoré avec goût, m'accueillit. Je levai une main et observai Bryan qui se tenait à côté d'un piano droit. Le voir me coupa le souffle. Comment était-ce possible qu'il soit encore plus beau que la dernière fois ? Ce baiser tremblant surgit dans mon esprit alors que nous nous dévorions du regard pendant que je discutais de choses et d'autres avec Ten et Jared. Ils me mirent un verre de soda dans la main. Deux jeunes garçons passèrent en courant et l'un fonça dans la jambe de Tennant.

— Donc ouais, j'use de mon charme pour que Bryan rejoigne notre groupe Pokémon, mais il tient bon. Tu crois que tu pourrais le convaincre qu'un tatouage n'est pas douloureux ?

Je haussai un sourcil en regardant Tennant. Le champion eut la grâce d'avoir l'air un brin honteux.

— D'accord, c'est *un peu* douloureux, mais il se dérobe juste parce que… eh bien, je ne sais pas pourquoi. Je sais qu'il a envie de se joindre à nous parce que, ouais, ce sont des Pokémon, mais chaque fois qu'on mentionne le tatouage, il devient tout pâle.

— Peut-être qu'il n'en veut tout simplement pas. Ce n'est pas le cas de tout le monde, Tennant, lâcha Jared.

Il posa la main sur la nuque épaisse de Ten, par-dessus son tatouage.

— Peut-être, mais je pense que s'il en parlait à un professionnel…

— D'accord, je vais lui parler des tatouages.

— Tu déchires !

Ten cogna son poing contre le mien, puis je déambulai vers Bryan. Chaque pas que je faisais était retardé par les joueurs de hockey et leurs femmes, dont beaucoup étaient aussi venues pour un tatouage, et quinze minutes plus tard, j'arrivai enfin devant l'homme qui hantait mes rêves depuis des jours.

— Tu es populaire, remarqua Bryan, une canette de soda à l'ananas à la main.

Je n'en avais jamais vu avant.

— C'est un truc canadien ? demandai-je en agitant mon bon vieux coca vers sa boisson jaune.

— Oh, pas que je sache. Stan a dit que c'était un classique américain.

— Ce n'est probablement pas avec lui qu'il faut discuter de ce qui est typiquement américain.

— Probablement pas.

Il quitta le soda des yeux. Nos regards se rivèrent l'un sur l'autre.

— J'imagine que tu te demandes pourquoi je suis parti, l'autre soir.

— Non, j'ai une assez bonne idée de la raison pour laquelle tu t'es enfui. Je t'ai fait peur.

Ses beaux yeux s'illuminèrent une seconde. Il soupira, l'air désespérément triste.

— Un peu, ouais.

— Tu m'as effrayé aussi.

Son regard se réchauffa légèrement. L'envie de me pencher contre lui et de poser ma bouche sur la sienne était immense, et je l'aurais fait, peu importait les conséquences, s'il n'y avait pas eu tous ces gamins en train de courir partout avec des crosses de hockey gonflables arborant le logo du train à vapeur des Railers.

— J'ai ta veste.

— Ouais, je sais.

La conversation se passait bien. Enfin, aussi bien que si je précipitais une voiture vers le bord d'une falaise.

— Je parie que tu as froid, sans elle.

Il haussa les épaules.

J'étais désormais déchiré entre vouloir lui suçoter la langue et le secouer comme des maracas. Les deux solutions avaient un intérêt.

— Gatlin.

— Bryan.

Nous clignâmes tous les deux des yeux après avoir pris la parole en même temps. Je me repris pour mettre fin au silence gênant qui suivit.

— Bryan, et si on finissait notre canette et qu'on allait parler quelque part. Je crois qu'on en a vraiment besoin.

Il acquiesça lentement, sans grande conviction. Je ne pouvais décrire à quel point cet acquiescement me rendait heureux. Un bébé commença à pleurer derrière moi. Je jetai un coup d'œil par-dessus mon épaule et vis Erik, le compagnon de Stan, essayer de calmer leur fils agité. Ce dernier caressa doucement le ventre du petit, mais le garnement débutait une vraie crise dont le volume ne cessait d'augmenter.

— Je crois qu'il a un pet coincé, annonça Stan à la pièce.

Plusieurs personnes, probablement des parents, gloussèrent, tandis que le reste des invités ricanaient.

— Ouh, il est pas content à cause de musique moche à la radio. Tennant, trouve une bonne chanson pour bébés.

— Euh, eh bien, je ne sors pas de, musiques pour enfants de mon chapeau, déclara Ten.

— Joue quelque chose pour le petit. Ça peut calmer sa mauvaise humeur, intervint Jared quand Noah devint plus bruyant. Ryker a toujours aimé que les gens chantent pour lui.

— Ouais, d'accord, je peux jouer quelque chose. Ramène-le ici.

Tennant passa à côté de moi. J'entrai donc dans l'espace personnel de Bryan. Nos bras s'effleurèrent avec une familiarité chaude et je fus ravi qu'il ne sursaute pas pour échapper à la friction.

Le champion de l'équipe s'assit au piano, Jared posant une main sur ses larges épaules. Stan s'installa sur le tabouret à côté de lui et Erik s'attarda derrière le grand Russe. Les autres invités commencèrent à se rapprocher. J'ignorais totalement que Tennant Rowe savait jouer du piano, même s'il avait mentionné la partition d'une chanson de Panic! At the Disco, pendant l'une de ses séances de tatouage.

— Je crois que j'ai un vieux livre rempli de chansons

Disney, annonça Ten en feuilletant un tas épais de partitions.

— Il est derrière le Bach, lui fit remarquer Jared.

Ten lui lança un sourire étincelant, puis retira le livret derrière ces piles de feuilles volantes remplies de portées et de notes de musique. C'était du chinois pour moi. J'adorais la musique, mais je ne pouvais pas en lire une seule note.

— D'accord, c'est parti.

Ten appuya sur une touche et Noah renifla légèrement, ses cris s'arrêtant rapidement. Stan tapota les joues rondes et mouillées du petit avec un mouchoir.

— Est-ce qu'il aime Winnie l'Ourson ?

— Oui, il adore Winnie et Porcinet. Et Tigrou aussi ! répondit Stan en faisant rebondir le garçon sur son genou.

Plusieurs enfants plus âgés se frayèrent un chemin parmi les adultes. Ten leur sourit et joua. Noah écarquilla les yeux comme des soucoupes et sa lèvre inférieure arrêta de trembler. Tennant, avec une voix si adorable que j'en fus choqué, entonna une chanson pour partir en expédition avec Winnie. Lorsqu'un autre couplet commença, chaque parent dans l'appartement spacieux se mit à chanter en chœur, tout comme plusieurs enfants. Noah bavait maintenant joyeusement, son regard étincelant.

Les articulations de Bryan effleurèrent ma main. Je jetai un coup d'œil sur le côté et ne fus pas sûr de ce que je vis dans ses yeux. De la surprise, peut-être, mêlée à d'autres émotions fortes. Voulait-il que je lui prenne la main ? Non, sûrement pas. Je répondis en caressant sa main avec mon index. Ses lèvres tressaillirent légèrement. Je me sentis étourdi.

Imaginez un homme de mon âge avec des antécédents horribles côté romance avoir la tête qui tourne rien qu'avec quelque chose d'aussi simple qu'un effleurement de la chair sur de la chair. C'était fou. J'étais fou.

Lorsque la chanson s'acheva, Noah couina, ravi, et les fêtards applaudirent. Ten laissa sa tête retomber sur le ventre de Jared. Notre coach se pencha et embrassa si adorablement son petit ami que c'en fut douloureux. Ça, c'était de la jalousie.

— Tu veux discuter, maintenant ? me chuchota Bryan à l'oreille.

— Bien sûr.

Nous traversâmes le groupe d'hommes, de femmes et d'enfants avant de sortir pour nous échapper. Je pris sa veste à l'arrière de ma voiture et la lui tendis. Il glissa ses longs bras dedans en arborant un sourire tremblant.

— Merci.

— Alors, où est-ce que tu veux aller pour qu'on parle ?

— Je suis désolé pour ce qui s'est passé la dernière fois qu'on était ensemble.

D'accord. J'imagine que nous étions en train de discuter. Dans le parking du bâtiment assez luxueux de Jared.

— Moi aussi, répliquai-je. Bryan, on devrait peut-être aller dans un endroit avec moins de courants d'air qu'un parking.

Il jeta un coup d'œil autour de lui, comme s'il avait oublié que nous étions dehors.

— C'est vrai, ouais, hm, chez toi ?

— Bien sûr.

Je montai dans ma voiture après lui avoir lancé un sourire gêné. Il me suivit très lentement. Nous nous garâmes devant la boutique et la contournâmes. Il fut sur mes talons quand nous avançâmes dans l'escalier grinçant. Blotti devant la porte se trouvait le chat noir. Il ne semblait pas prêt à bouger, donc je l'enjambai une fois que la porte fut déverrouillée.

— Dois-je laisser ouvert pour ton chat ? s'enquit Bryan en se décalant pour passer à côté de l'animal ronflant sur le tapis.

— Ce n'est pas mon chat.

Je retirai mon manteau et le fis voler jusqu'à mon fauteuil incliné préféré. J'inspirai profondément et me retournai. Bryan fermait doucement la porte, comme s'il avait peur de pincer l'animal endormi. C'était une vue assez plaisante. Et le revoilà, ce sentiment stupide d'étourdissement. Nom de Dieu ! C'était idiot. On pourrait croire que je n'avais jamais été embrassé auparavant.

— Tu veux boire quelque chose ?

— Non, je ne veux pas avoir la tête à l'envers, puisqu'on va bientôt ouvrir la saison.

Il enleva sa veste et la posa au même endroit que précédemment. Je ne pus m'empêcher de le reluquer. Son jean noir lui allait bien, tout comme la chemise à manches longues qu'il avait mise sous un gilet.

— Tu es en colère contre moi ?

— Non, pas du tout. Je suis juste un peu miteux, pour être honnête, plaisantai-je.

Je tirai sur mon pull préféré, qui était vieux et couleur rouille. C'était Rex, ce crétin, qui me l'avait donné.

— Pour moi, c'est ça faire un effort d'habillement.

Un vieux sweat et un Levi Strauss usé. Du Gatlin typique.

— Tu es beau. Je veux dire…

Il claqua une main sur sa nuque.

— Bien, genre, bien habillé pour une fête. Décontracté. J'ai toujours l'impression de devoir en faire… euh, plus.

Merde, ce n'était pas confortable. Une vibration érotique dansait entre nous, mais j'ignorais totalement comment agir.

— Asseyons-nous.

Voilà, c'était bon. S'asseoir plutôt que de rester debout. Bordel. J'étais idiot.

Nous nous installâmes après avoir réussi à trouver de la musique sans vraiment nous regarder. Nous nous mîmes d'accord sur Rush avant de nous poser l'un en face de l'autre.

— Tu les as déjà vus en concert ? me demanda Bryan en lançant aisément une discussion sur la musique.

Discuter de groupes de rock n'était pas exactement ce que j'espérais faire, mais si ça le mettait à l'aise, nous parlerions de Rush toute la nuit.

— Une fois, dans les années quatre-vingt. J'avais huit ou neuf ans à ce moment-là. Garrett, mon frère aîné, avait dix-neuf ans et m'a emmené avec lui. J'ai fait une véritable crise jusqu'à ce qu'il accepte. Ma petite sœur, Gina, n'avait que deux ans. Elle voulait venir aussi, mais Garrett n'allait carrément *pas* emmener un bébé à un concert des Rush. C'était mon premier concert de rock. Ils étaient phénoménaux.

— Ta sœur a pu les revoir plus tard ? Ils ont fait une tournée il y a quelques années, déclara-t-il.

Il m'impressionnait avec sa connaissance du monde du rock.

— Non, elle, euh, n'a jamais pu les voir.

Cette fois-ci, ce fut moi qui fis le premier pas. C'était tâtonnant et stupide, et mon mouvement fut si endormi que nous finîmes par cogner nos nez. Oui, j'allais l'embrasser pour le détourner de la conversation sur Gina, qui n'avait jamais pu voir ce groupe.

Parce que je l'avais laissée mourir, voilà pourquoi. Maintenant, ferme-la, embrasse-moi et adoucis la douleur.

Il inclina la tête, son regard bouillonnant, puis il s'ouvrit à moi quand je recommençai. J'avançai lentement vers lui, sa langue explorant l'intérieur de ma bouche, ses mains glissant sous mon pull. Je bougeai légèrement contre lui, mon sexe appuyant contre son ventre. C'était un homme dégingandé, avec des jambes puissantes pendant près des miennes quand nous avions discuté de choses et d'autres. Ses baisers me donnaient chaud et me faisaient bander, changeant mon flot de pensées pour que je ne puisse songer qu'à sa peau sur la mienne, de la tête aux pieds.

— Tu es délicieux, haletai-je.

Nous luttâmes pour retirer mon pull, puis nous nous affairâmes sur son gilet et enfin sa chemise. Lorsque nous fûmes torses nus, il attrapa ma tête, avec ses mains aussi grandes que des assiettes, et guida ma bouche jusqu'à la sienne. Nous eûmes besoin de nous arrêter pour respirer, quelques minutes plus tard.

— C'est probablement le goût le plus enivrant qui ait jamais touché mes papilles.

Il sourit. Bon sang, ce sourire illuminait la pièce. Non, il illuminait probablement tout le quartier.

— J'aime t'embrasser.

Il soupira, tirant sur mon cou jusqu'à ce que nos

bouches fusionnent à nouveau. Je le léchai profondément, roulant des hanches contre lui, provoquant un grognement qui me fit presque jouir dans mon short. Ça n'allait simplement pas arriver. Pas à un homme qui pouvait clairement voir ses quarante ans à l'horizon.

— On devrait… merde, haletai-je.

J'essayai de quitter ses lèvres et me rendis compte que c'était impossible.

Je me blottis contre son cou. Ses doigts malaxaient la chair dans mon dos, s'enfonçant profondément, alors que je le suçotais avidement. Un picotement familier dans mes testicules me poussa à reculer. Je me rassis dans le canapé, mes poumons ayant du mal à aspirer l'oxygène. Il s'allongea sur le dos, les jambes écartées, les lèvres gonflées et son torse se soulevant aussi difficilement que le mien. Je posai ma main sur sa peau, juste au niveau du sternum. Il y avait une belle ligne de poils. Elle tressaillit et picota ma paume.

— Maintenant qu'on s'est débarrassés de cette envie, on devrait vraiment parler.

Bryan lécha ses lèvres gonflées, puis inclina la tête.

Bien. D'accord. J'avais repris le contrôle de la situation avant de m'embarrasser.

— J'ai besoin d'une bière.

— Vas-y. Tu as de l'eau pétillante ?

— Euh, peut-être ?

Je me levai et poussai l'érection impressionnante qui essayait de faire éclater ma braguette. Puis, gêné, je marchai jusqu'à la cuisine. Je dus fouiller pour trouver une bouteille d'eau, mais j'en avais bien une, et quand j'eus pris quelque chose pour nous deux, je repartis m'asseoir à ses côtés.

— C'est aromatisé au kiwi. Jess a dû la laisser là pour moi. Elle essaie toujours de m'obliger à prendre soin de ma santé.

Je lui tendis sa boisson et décapsulai ma bière. Bryan était installé confortablement, son dos enfoncé contre les coussins.

— Je ne suis pas sûr d'avoir déjà goûté au kiwi, marmonna-t-il.

Je me penchai, appuyant mes coudes sur mes genoux, ma bière pendant au bout de mes doigts. Il fallait que je trouve un moyen de l'aider à s'ouvrir.

— Non, moi non plus. Quand as-tu su que le rock classique et le métal te plaisaient ?

Il sirota son eau et grimaça, ce qui nous fit ricaner. Il me tendit l'eau aromatisée au kiwi.

— Pardon, mais c'est ignoble, pourtant, j'ai déjà bu d'horribles boissons protéinées avant.

— C'est bon. Je ne lui dirai pas. Alors, le métal. Raconte-moi comment tu t'es retrouvé enveloppé dans ses bras séducteurs.

Je m'appuyai contre le coussin du canapé. Bryan me lança un regard étrange.

— J'aime comment tu formules les choses. Genre, quand tu dis que le rock est séducteur. Mais il l'est plus ou moins, non ? Enfin, les paroles sont si pures, si brutalement vraies, et tu dois complètement t'abandonner à elles.

— Exactement. Prends Rush, par exemple. Si tu écoutes réellement et que tu absorbes les mots de *Free Will*, tu dois être… quoi ?

Sa bouche fut sur la mienne avant que je puisse terminer ma déclaration sur ce groupe. C'était assez dommage, puisque j'avais un excellent argument, mais bon sang, quand sa langue s'emmêla à la mienne, je ne pus me souvenir de ce que c'était.

Cette fois-ci, il appuya son poids contre moi, me repoussant sur l'accoudoir du canapé, sa jambe passant entre les miennes. Cet homme savait sacrément embrasser. Il était affamé. Vorace, même. Le contour de son sexe heurta ma hanche. Nous prîmes une inspiration difficile, puisque nous ne nous séparâmes pas assez longtemps pour respirer correctement. Je le voulais comme je n'avais pas désiré un homme depuis… peut-être toujours. Je passai mes mains sur ses bras, adorant les courbes et les creux de son biceps, alors qu'il faisait des va-et-vient avec son érection contre moi. Ma propre verge était rigide. Ces caresses et ces mouvements étaient amusants, mais après quelques longs effleurements de ma langue sur la sienne, nous avions besoin de passer à la vitesse supérieure ou de nous arrêter pour la nuit.

Je fis un mouvement pour faufiler ma main entre nous, cherchant sa braguette, la pression de son érection sur ma paume me faisant grogner contre sa bouche. Lorsqu'il inclina les hanches, je trouvai la fermeture et la baissai. Impatient comme j'étais, je mis mes mains à l'intérieur et trouvai l'élastique de son boxer, avant de me glisser sous le tissu. J'effleurai son extrémité. Une traînée humide de liquide préséminal mouilla mes articulations, tandis que je cherchais la base de son sexe. Rapidement, j'enroulai mes doigts autour de lui et il se crispa.

Jurant intérieurement, je le relâchai et il roula loin de moi avant de se relever maladroitement. Je restai planté là, essoufflé, mes testicules rendus lourds par l'envie. Je le regardai se tenir à l'autre bout du canapé et me demandai s'il était à nouveau prêt à s'enfuir en courant. Je soutins son regard, puis me levai lentement et avançai vers lui, tendant la main et passant mes doigts dans son cou, puis sur son crâne. Je n'allais pas le laisser s'en aller sans tenter une dernière fois de le faire rester. Il se pencha pour m'embrasser et je m'assurai que ce soit l'un des meilleurs baisers du monde.

Chapter Sept

Lorsque nous nous séparâmes, je n'étais pas le seul à être affecté par les baisers. Gatlin s'était empourpré et il me sourit avant de se pencher pour en avoir plus.

Tout ce que je pouvais penser, c'était : mais qu'avais-je fait ? J'étais en couple et j'avais embrassé un autre homme. *Bon sang, j'avais la tête en vrac.*

J'étais mortifié d'avoir fondu dans les bras de Gatlin et je regrettais de l'avoir excité. Cet enchaînement « baiser et fuite » devenait fatigant et je devais m'expliquer. Je me débarrassai rapidement de la prise de Gatlin et reculai jusqu'à ce que mes fesses heurtent la table.

— Je suis désolé.

Je n'avais pas les mots pour excuser ce que je m'apprêtais à dire.

Gatlin s'avança, un sourire recourbant ses lèvres, son regard doux et ses tatouages bien visibles grâce à la lumière qui parvenait de la cuisine.

Je me demande ce qu'ils signifient ? Il y en a tellement.

Je voulus lui demander, mais je ne pouvais atteindre ce

niveau d'intimité actuellement. Pas jusqu'à ce que j'éclaircisse la situation entre nous. Ce que je ressentais avec Gatlin était explosif, bien plus que les ébats cachés que j'avais eus avec Aarni. Celui-ci n'embrassait pas, n'enlaçait pas et ne passait pas dix minutes à tracer le contour de mon corps. Le sexe avec Aarni était brusque et rapide, douloureux et furieux. Il affirmait son autorité sur moi comme si c'était le but des relations sexuelles.

Et je prenais parce que je pensais que c'était ainsi, d'être en couple. Aarni était ma seule référence quant à ce que j'attendais chez un autre homme.

Ce soir, je n'avais même pas fini au lit avec Gatlin, mais je jurais que j'avais ressenti plus de choses durant cette courte période qu'après trois ans avec Aarni.

— J'ai un petit ami, déclarai-je en attendant l'explosion de colère.

Gatlin arrêta de rôder vers moi. Il se figea net, à moins de soixante centimètres, son expression passant de l'affection excitée à la compréhension horrible.

Je fermai les yeux, sachant que je méritais tout ce qu'il allait me balancer au visage. Toute sa haine et sa fureur étaient normales pour moi, tant qu'il se sentait mieux à propos de ce que j'avais fait.

— Nom de Dieu ! D'accord. Écoute, ce genre de choses arrive, ce n'est rien, soupira-t-il.

— Non. C'est faux. Je n'aurais pas dû laisser la situation aller si loin.

Aarni avait raison. Je n'étais rien de plus qu'un allumeur. J'ouvris les yeux et vis que Gatlin n'avait pas bougé d'un millimètre. Il paraissait toujours choqué, mais pas en colère. À la place, il y avait de la prudence dans son regard et il était calme, ses pouces étaient nonchalamment passés dans la boucle de sa ceinture.

Je relevai mon pantalon ouvert et le boutonnai, tandis que les larmes me montaient aux yeux. Je mourais d'envie de voir Gatlin se mettre en colère, mais tout ce que je voyais, c'était de la compréhension ou peut-être de l'indifférence, comme si rien de ce que j'avais fait n'avait suffisamment d'importance pour que quelqu'un gâche ses émotions.

— Je te l'ai dit, ce n'est rien, murmura Gatlin.

— C'est ce que je fais, tu vois. J'ai cet homme en Arizona, mais je suis quand même venu ici, avec toi, et je t'ai induit en erreur. Merde !

Je passai une main dans mes cheveux et les tirai violemment.

— Tu as tous les droits d'être en colère contre moi.

— Je ne suis pas en colère, répliqua Gatlin.

Je me raidis à cause de la perplexité dans son ton.

— Tu devrais l'être.

Je relevai le menton et plaçai mes épaules en arrière.

— Tu peux être en colère contre moi, dire tout ce que tu veux. Je t'ai induit en erreur. Je peux le supporter.

Gatlin plissa les yeux.

— Je ne comprends pas ce que tu me demandes.

Il resta confus.

— Tu m'as embrassé pour essayer de me mettre en colère en me disant après que tu avais un petit ami ?

— Non ! Oui… Merde, je ne sais pas.

— Je ne vais pas te mentir. J'ai trente-huit ans et je n'aurais jamais cru que je ressentirais une attirance aussi intense que ce que j'éprouve pour toi. Je suis triste, mais ça n'est pas ta faute. J'ai mal analysé la situation, mais je suis adulte. C'est bon.

Il me tourna le dos et récupéra son t-shirt, le passant par-dessus sa tête pour couvrir le bel ange qui y était encré.

— Allez, on va juste écouter la musique et tu pourras me parler du match de demain soir. C'est le premier de la saison et j'ai hâte de voir comment les Railers s'en sortiront cette année.

J'écoutai ses mots, le manque d'émotions vives, l'acceptation… Quelque chose craqua en moi et mon cœur en fût douloureux.

— Je ne peux pas, dis-je. Je dois y aller.

Gatlin tendit la main vers moi, mais je l'esquivai pour mettre ma chemise et ma veste. Ces fichues larmes menacèrent de couler lorsque j'allai vers la porte. Gatlin n'essaya pas de m'en empêcher, restant simplement planté là, à me regarder d'un air pensif.

— Tu n'es pas obligé de partir, déclara-t-il en secouant les mains. Je peux les garder loin de toi.

Il était apparemment en train d'apaiser la tension, mais ce n'était pas bien. J'avais besoin de plus, de passion, de feu et de mauvaise humeur.

Je suis tellement tordu.

— Il faut que je me couche tôt, déclarai-je d'un ton calme. Merci.

Je pus sentir le poids de son regard depuis la fenêtre de l'appartement alors que je m'éloignais de la boutique.

J'attendis donc d'être en sécurité, à l'intérieur de ma voiture, pour pleurer.

De retour à mon hôtel, je me sentis déchiré et exposé. Ma tête tourna. Je devais dire à Aarni ce qu'il s'était passé ce soir. Que je m'étais autorisé à ressentir quelque chose pour un autre homme. Je sortis mon portable de ma poche et le fixai pendant un long moment.

Finalement, je fis défiler mes contacts et appelai Aarni, qui répondit à la troisième sonnerie, alors que je m'attendais à finir sur boîte vocale.

— Bryan, cria Aarni par-dessus le bruit derrière lui.

Visiblement, il était à une fête, probablement une célébration de présaison, comme chaque année. Seulement, les Raptors se laissaient aller de la plus sauvage des façons. Ce n'était pas comme les fêtes des Railers avec les familles et les bébés, où l'on jouait du piano. Pour mon ancienne équipe, il y aurait un DJ et, même à quelques heures d'un match, certains joueurs allaient beaucoup boire, Aarni y compris.

— Qu'est-ce que je suis pour toi ? criai-je pour qu'Aarni puisse m'entendre par-dessus le volume de la fête.

— Quoi ?

— Qu'est. Ce. Que. Je. Suis. Pour. Toi ? répétai-je aussi bruyamment et clairement que je le pouvais.

Aarni resta silencieux tandis que les exclamations des autres fêtards remplissaient mes oreilles. Puis le chaos fut étouffé et je me rendis compte qu'Aarni était allé dans un endroit un peu plus calme. Le connaissant, c'étaient les toilettes. Il était fier d'avoir ses meilleurs ébats dans les toilettes. J'avais arrêté de compter le nombre de fois où il m'avait emmené dans un des cabinets de la patinoire.

— C'est quoi ton délire, Bryan ? Pourquoi tu m'appelles ?

Je ne perdis pas de temps à repenser à ma question.

— Qu'est-ce que je suis pour toi ? Un partenaire, un amant ou un petit ami ?

Aarni laissa échapper un éclat de rire, à la fois haineux et sombre.

— Tu es un bon coup, gamin. C'est ce que tu es pour moi, tu le sais bien.

— Mais… ?

— Qu'est-ce tu veux me dire, bordel ? Je suis à une fête, pour l'amour de Dieu.

Il semblait énervé.

Je raccrochai. La culpabilité me saisit tout comme la colère et l'autodétermination.

LA SAISON commença en grande pompe. J'étais le remplaçant, et pour l'instant, je restais sur la touche. Nous avions eu quatre matchs et les Railers en avaient gagné trois. Je n'avais pas eu de nouvelles d'Aarni depuis ce soir-là et aucune de Gatlin, non plus. Mais ce n'était pas grave. J'avais bien compris que j'avais tout gâché avec lui. Aarni, d'un autre côté, était un désespoir brut que je portais en moi et que j'examinais dans les moments où mon cerveau n'était pas comblé par le hockey. Ça n'aidait pas que nous commencions notre saison avec un déplacement sur la côte ouest et que les Raptors soient notre premier arrêt. Étant donné que les deux équipes étaient dans deux championnats différents, les Railers n'allaient les rencontrer que deux fois cette saison, une fois maintenant et l'autre avant Noël. Je redoutais les deux matchs tout autant que j'avais besoin de les affronter. Peut-être qu'Aarni voudrait de moi ce soir, si les Raptors gagnaient à domicile ?

Parce qu'aujourd'hui était le jour où nous les rencontrions.

Je voulais avoir une chance de lui parler, en face à face, pour m'excuser ou hurler, ou Dieu seul savait quoi. Aarni me manquait terriblement. L'équipe aussi.

Et j'avais peur de ne pas savoir quelle était ma place chez les Railers.

Aarni avait-il eu raison quand il m'avait averti, cet été ? N'étais-je là qu'en tant que bouche-trou jusqu'à ce qu'ils trouvent un vrai remplaçant ? Ten était-il une mauvaise personne, une célébrité gâtée et colérique qui obtenait tout ce qu'il voulait ? Les Railers étaient-ils une équipe qui trichait pendant le championnat pour aller jusqu'à la coupe Stanley ? Ou était-ce Aarni qui avait tort ?

La confusion et le doute étaient mes amis dans les nuits sombres et je les détestais avec passion.

Curieusement, je réussis à rester concentré sur le jeu pendant l'entraînement sur la glace des Raptors. En restant immobile, en regardant le décor familier et en passant devant les vestiaires de cette équipe pour rejoindre les nôtres, je restai silencieux, mais personne ne me le fit remarquer. Pas même Ten, qui était resté près du filet pendant l'entraînement aujourd'hui, travaillant sur ses frappes courtes tout en me fixant.

Les Raptors étaient ici, dans ce bâtiment. Ils avaient eu une heure sur la glace, ce matin, mais il n'y avait eu aucun message d'Aarni, pas même pour dire bonjour. Personne ne m'avait contacté.

Le coach nous appela Stan et moi, pour une réunion d'avant-match, et Alain Gagnon était également là. L'entraîneur des gardiens était vraiment sérieux.

— Bryan, je te mets dans la cage, annonça le coach Benning.

Il se rassit dans sa chaise, attendant visiblement une réponse.

Qu'est-ce qu'il voulait que je fasse ? Que je crie d'enthousiasme à l'idée d'avoir ma première titularisation sur la glace des Raptors ? Des larmes parce que je n'étais pas prêt ? De la peur d'affronter mon ancienne équipe ? Je ne ressentais rien. Aucune peur, aucun enthousiasme, aucune tristesse.

— Je suis très content de cette opportunité, murmurai-je.

C'était la petite phrase parfaite que j'offrirais aux journalistes en train d'attendre quand ils me poseraient des questions plus tard.

Quand j'aurais merdé et perdu le match des Railers.

— Tu connais l'équipe, remarqua Stan avec enthousiasme.

Il me claqua ensuite l'épaule.

— Oui.

Je me forçai à avoir l'air impatient.

— Regarde vidéo, enchaîna le Russe.

Le coach Gagnon ouvrit l'ordinateur portable. Nous nous assîmes pendant un moment, étudiant les meilleurs buts des Raptors lors de leurs premiers matchs de la saison. Ils en avaient perdu deux et en avaient remporté autant, jusqu'ici. Je savais ce que cela signifiait. Ils seraient désorganisés et pressés de gagner.

J'eus envie de prévenir Stan de toutes les conneries qu'ils faisaient, de leur haine des Railers. Ou du moins, de celle d'Aarni. Je le mentionnai à Connor et le capitaine écouta mes inquiétudes. Je le surpris en train de jeter un coup d'œil à Ten.

Il était toujours la cible pour les autres équipes, celui

qu'on voulait éliminer pour équilibrer les équipes. Mais les Railers n'avaient pas seulement Ten. Nous étions une équipe et j'allais être leur gardien dans moins de deux heures.

Agité, je quittai les vestiaires des visiteurs et tournai à gauche, loin de l'entrée principale, pour monter les escaliers et rejoindre le toit. Cela avait toujours été mon endroit préféré dans la patinoire des Raptors, qui offrait une vue sur Tucson et bien plus loin. Je pris quelques photos avec mon téléphone, pour me souvenir de quelque chose ici. Je pourrais les montrer à Gatlin.

Qui n'était qu'un ami.

— Je me suis dit que j'allais te trouver là.

Je tournai les talons. Aarni était devant la porte, appuyé contre le battant et me lançant un sourire narquois. J'eus immédiatement une image de Gatlin dans mon esprit et je secouai la tête pour m'éclaircir les idées. Il était plus mince, pas très musclé. Sa peau était marquée par la couleur et son expression heureuse. Le contraire de cet homme, c'était Aarni. Plus grand et plus large que moi et il n'était pas ravi. En fait, il avait l'air agacé, et pendant un moment, j'eus l'impression de mériter son agacement. Il fallait que je quitte le toit et redescende dans le vestiaire pour me préparer et me concentrer. J'avançai vers la porte, m'attendant à ce qu'Aarni se décale sur le côté.

Il n'en fit rien. Il s'agrippa à mon bras et m'arrêta.

— Retrouve-moi après le match, ordonna-t-il sans me laisser la possibilité d'argumenter. Ce serait bien de rattraper le temps perdu.

— Tu veux dire baiser, corrigeai-je.

Je grimaçai quand il raffermit sa prise. Je tentai de me glisser sur le côté, mais je n'étais pas prêt à le pousser. Il m'appuya contre le mur et me coinça là, avec une main sur mon torse et l'autre dans mes cheveux. Il tira pour exposer ma gorge et j'attendis. Il n'allait pas m'embrasser. Il aimait simplement quand je ne pouvais pas bouger.

— On pourrait le faire maintenant, suggéra Aarni.

Je le poussai, testant sa prise, mais il leva son bras pour le poser sur ma gorge. La dernière fois qu'il m'avait pris, il m'avait maintenu si fort que j'avais eu des points devant les yeux et que j'avais été incapable de réfléchir. Le rappel de cette peur me coupa le souffle et je me crispai dans sa poigne.

— Laisse-moi partir, dis-je.

Enfin, je le suppliai.

— Souviens-toi qui a pris soin de toi, grogna-t-il.

Il me tira légèrement les cheveux, mordant ma gorge.

Je devais m'échapper, je voulais lui dire que je n'avais pas besoin qu'on prenne soin de moi, que personne ne devait me surveiller chez les Railers. Mais il n'écoutait pas, alors même que je tentais d'enchaîner les phrases. Il me fit pivoter et mon visage érafla le mur. Il tenait toujours ma gorge et appuya son érection contre mes fesses.

— C'est quoi ce bordel ? cria quelqu'un.

Effrayé, je reconnus la voix de Ten.

— Lâche-le.

Aarni gloussa sombrement.

— N'est-ce pas le petit prodige ? demanda-t-il à Ten. Passe ton chemin.

Je bougeai du mieux que je le pus contre la brique, croisant le regard de mon coéquipier et voyant son inquiétude se muer en colère.

— On y va, cracha-t-il.

— Va te faire foutre, répondit Aarni d'une voix furieuse.

Ten passa une main entre nous et curieusement, il se retrouva dans notre espace personnel, nous séparant, Aarni et moi.

— On y va, répéta-t-il d'une voix douce, mais ferme.

Je gigotai pour me débarrasser du poids de Ten et d'Aarni. Je m'agrippai ensuite au bras de mon coéquipier. J'eus des images d'Aarni en train de frapper le champion ou de le pousser dans les escaliers.

— On y va, Ten, le suppliai-je.

Les deux ennemis se regardèrent en face.

J'entendis le gloussement sinistre d'Aarni.

— On se voit sur la glace, les gars.

Je guidai Ten dans les escaliers et, sans un mot, il me suivit jusqu'à ce que nous soyons à la porte des vestiaires. Puis il m'arrêta en posant une main douce sur mon bras.

— Tu veux qu'on fasse un rapport ? Je peux aller chercher Jared.

J'étouffai un rire. Ten ne comprenait rien. C'était ma faute et je l'avais presque impliqué dans une situation dont il n'aurait même pas dû s'approcher. Une pensée me frappa ensuite.

— Qu'est-ce que tu faisais sur le toit ?

— Je t'ai suivi, je voulais te parler, j'ai vu Aarni monter. Je me suis rappelé comment tu allais et je me suis dit que j'allais enquêter, expliqua-t-il comme si c'était normal qu'un de mes coéquipiers vérifie que j'allais bien.

— Comment j'allais ? Qu'est-ce que tu veux dire ?

— Tu étais silencieux, pensif, pas toi-même depuis que tu es parti avec Gatlin après la fête. Est-ce qu'il a fait quelque chose qui t'a mis en colère ? Est-ce que je devrais en parler à Stan ? Ou c'est à cause d'Aarni ? C'est lui ton copain ?

Tant de questions. Ma tête tourna quand je croisai l'expression honnête de Ten.

— Tu n'as pas besoin de t'inquiéter de ça. Je vais bien.

J'ouvris la porte. Il fallait que je me prépare, que je me concentre, et mon coéquipier était en train de s'impliquer dans tout ce bordel. Je n'avais pas besoin de ça.

UNE FOIS SUR LA GLACE, pour l'échauffement, je restai dans mon filet et refusai de regarder les Raptors de l'autre côté de la patinoire. Les équipes avaient chacune une moitié de la surface et s'entraînaient au tir. Stan et moi allions chacun notre tour dans le but. Ten patina jusqu'à moi et tapota ma jambe avec sa crosse avant de me sourire. Je lui souris en retour et espérai l'avoir suffisamment feint pour le rassurer. Sur ce toit, j'avais été figé par l'indécision, puis Ten s'était retrouvé là, avertissant Aarni de partir.

Il voulait savoir comment j'allais.

Nous regagnâmes les vestiaires et je cherchai mon portable dans mon sac pour envoyer un rapide message à Gatlin. Un simple message qu'il fallait que je transmette.

Je veux te voir. T'embrasser. J'ai besoin de parler.

Puis, tandis que la confusion, la fierté, la peur et l'espoir luttaient dans ma tête, je partis pour le match et pris ma position sur la glace. La foule hua l'arrivée de notre équipe, souhaitant faire entendre son mécontentement, surtout pour Ten qui, j'en étais sûr, s'y habituait, maintenant. Il y eut une compilation de vidéos de mes misérables performances pour les Raptors, mais je ne pouvais entendre que les huées et je voulais en finir.

Le premier tir vers le but passa à côté de moi. Aarni s'approcha de moi et me lança un sourire narquois accompagné d'un clin d'œil.

Ten et Adler arrivèrent tous les deux vers le filet, hochant la tête pour me rassurer. Je regardai le banc ainsi que Stan.

Peut-être que c'est lui qui devrait être là. J'allais à nouveau m'étouffer. Les Raptors gagnèrent leur premier affrontement sur la glace, puis ce fut parti, Ten s'empara du palet, le lança à Lee, qui l'envoya dans les panneaux de protection afin de le faire rebondir contre la crosse du champion. Tous ces tirs en entraînement payaient, le palet partit directement au centre, tandis que le gardien était sur le côté. Il finit tout de même par l'attraper, mais c'était précisément ce dont les Railers avaient besoin. Un tir cadré, au moins, après seulement une minute de jeu.

Ils faisaient entrer Aarni chaque fois que Ten jouait, mais Arvy le protégeait, poussant mon ex-coéquipier jusqu'à ce que je ne sois plus le seul à voir ce dernier se laisser emporter par sa colère. Il fit tomber Arvy et fut envoyé sur le banc de touche pour une pénalité de deux minutes. Les Railers avaient donc la supériorité numérique et il restait quelques secondes dans la première période.

Dieter profita de cette opportunité et trouva le fond de la cage des Raptors lors de sa première entrée sur la glace, et ainsi, les deux équipes furent à égalité.

La seconde période fut frénétique et pas un seul palet ne passa à côté du gardien des Raptors ou moi-même. Nous étions des murs de briques et je ne savais pas ce qu'il se passait ce soir, mais la glace me parlait et j'anticipais chacun de leur déplacement. Ils m'acculaient dans mon filet, Aarni me fonça délibérément dedans au moins deux fois et il n'en fut jamais pénalisé. Il m'insultait assez fort pour que je l'entende et utilisait des mots volontairement blessants.

J'ignorai le tout.

La troisième période fut celle de Ten, sa ligne joua deux fois, nous menant au score de trois à un et même s'ils essayèrent de se débarrasser de chaque membre de notre première ligne, curieusement, Ten, Troy et Lee s'en sortirent indemnes. L'expression sur le visage d'Aarni était évidente. Il était furieux. Il claqua sa crosse et la brisa en deux, ce à quoi je m'attendais. Lorsqu'il me surprit en train de le regarder, il pointa deux doigts vers ses yeux.

Je te vois.

Victoire trois à un, à l'extérieur, contre les Raptors. Le vol du retour fut débordant de joie et je me laissai porter par l'ambiance. Nous rentrions à la maison et je n'avais qu'une chose en tête. Je n'analysai pas trop mes sentiments, je ne songeai pas à l'anxiété qui bouillonnait en moi, mais lorsque je sortis finalement mon portable, je découvris que j'avais un message de Gatlin.

Tu me manques.

Et, plus important, il dit ce que j'avais espéré entendre.

J'ai envie de t'embrasser.

J'étais tellement partant.

Chapter Huit

GATLIN

J'avais une liste de vérifications. Moi. Une liste de vérifications. Si Garrett le découvrait, la discussion merdique n'en finirait pas. Mais je voulais m'assurer que tout était bon. Je cochai les cases. *Elles étaient toutes* validées.

Nourriture. Spaghettis avec boulettes de viande faites maison et une salade. OK.

Vin. Un bon petit zinfandel. OK.

Musique. Priest, AC/DC, Sabbath et du Emerson, Lake & Palmer, si les choses devenaient passionnées. OK.

L'ambiance. Les lumières étaient tamisées et il y avait des bougies sur la table de cuisine. OK.

Être douché, rasé de près et avoir enfilé une tenue élégante, comme un jean noir, une chemise blanche et une veste en cuir. OK.

Préservatifs. Juste au cas où. OK.

Le lubrifiant. Juste au cas où, aussi. OK.

. . .

NOUS AVIONS DÉSORMAIS l'autre moitié de l'équation. Je vérifiai mon téléphone pour la huit centième fois en une heure. Pourquoi étais-je si nerveux ? C'était un mystère. J'avais le contrôle de la soirée et j'étais paré à toute éventualité. Waouh, cette dernière phrase était pleine de sous-entendus. Ou était-ce seulement dans mon esprit obscène ?

On frappa brusquement à la porte, ce qui me fit sortir de ma rêverie. Je passai mes mains dans mes cheveux, soufflai et allai ouvrir. Bryan se tenait sur mon minuscule porche avec un sourire hésitant. Le chat noir abandonné slaloma entre ses jambes.

— Il cherche à dîner. Entre.

Je lui fis signe d'avancer. Il était si beau, si grand et si large d'épaules.

— Laisse-moi lui donner à manger. Ensuite, je réchaufferai les pâtes. Enlève ton manteau.

— Il va entrer ? l'entendis-je demander.

J'attrapai le paquet de croquettes goût thon et œuf.

— Non, il n'est toujours pas à moi, mais on a discuté un soir et on s'est liés d'amitié. Ou un truc du genre.

Je lançai un léger sourire à Bryan et allai verser de la nourriture dans la petite gamelle du chat. Elle était mignonne, avec des impressions de poisson et de minuscules pattes au fond. Je l'avais vue à l'épicerie quand j'avais acheté le nécessaire pour le dîner. Le chat ronronna et se jeta sur son repas. Je passai une main sur son dos, une fois seulement, puisque cela le rendit nerveux et qu'il s'enfuit au courant. En cela, il ressemblait à l'homme merveilleux qui m'attendait à l'intérieur.

— Là. Il est nourri. Il va se blottir dans le carton avec les couvertures après avoir mangé.

— Tu lui as donné un nom ?

— Non, il n'est pas à moi.

— J'aime cet album.

Bryan changea de sujet, faisant référence à *Master of Reality* qui résonnait depuis les haut-parleurs.

— Je crois qu'Ozzy fait partie du top cinq de mes chanteurs préférés.

— Oh, ouais. Oz est un monstre.

Il me suivit dans la cuisine.

Je rangeai la nourriture pour chat dans le placard et me lavai les mains.

— Tu peux sortir le vin et le servir, si tu es d'humeur pour ça. Sinon, il y a des bières et des sodas.

— Le vin me convient.

Il s'affaira à déboucher la bouteille et à servir une bonne dose dans les verres que j'avais empruntés à Jess. Nos doigts s'effleurèrent quand il me tendit le mien.

— Je me sens gêné, ce soir.

— Peut-être que ça va aider.

Je déposai un léger baiser sur ses lèvres.

Il sourit légèrement et cela rendit la lumière des bougies plus brillantes.

— On peut discuter avant de servir les pâtes ?

— Bien sûr.

Je fis un signe vers le salon avec mon verre de vin. Nous nous installâmes sur le canapé et je baissai le volume de la chanson d'Oz.

— D'accord, alors il y a beaucoup de choses que j'ai envie de te dire.

Chilren of the Grave commença alors qu'il jouait avec son verre, son regard rivé sur le vin.

— Prends ton temps.

Je promenai ma main libre sur son bras et sirotai le zinfandel chic. Il était plutôt bon.

— Nous avons toute la nuit.

Ses lèvres se tordirent dans un genre de sourire.

— Mon petit ami s'appelait Aarni.

Ah, d'accord. Je repérai immédiatement le « s'appelait », vive le passé ! Et Aarni ? Est-ce qu'il voulait parler d'Aarni des Raptors ? Un joueur de hockey ? Je ne demandai pas confirmation, je l'écoutai juste parler.

— Il était toxique, c'était un salaud qui me contrôlait et pour qui je ne signifiais rien. Je pensais que c'était le cas… ou j'imagine que j'ai cru que j'avais une importance pour lui… mais non. Il s'amusait juste à profiter de moi et à me faire du mal.

— Je suis désolé. Je sais à quel point c'est douloureux de perdre quelqu'un à qui on tient.

Oh bon sang, comme je le savais. J'avais un trou de la taille de la surfaceuse des Railers en plein milieu du cœur.

— Eh bien, il ne mérite pas ma souffrance, mais c'est… ouais… c'est douloureux.

Il leva ses yeux sombres de son vin et je les scrutai une minute ou deux.

Comment un homme avec mon expérience avait-il pu tomber amoureux si vite et si intensément ?

— Cette partie de ma vie est terminée. L'Arizona et Aarni sont mon passé. Cette ville et cette équipe sont ce qui importe pour moi, maintenant. Je veux rester avec les Railers. C'est une bonne équipe. Enfin, ils tiennent *vraiment* les uns aux autres. Je veux me battre pour avoir ma place. Il faut que je bâtisse quelque chose de bien, pour moi, et pas seulement pour le travail. Mitch a dit que je devais trouver ce qui me rend vraiment heureux et comblé et de me battre pour ça. Les Railers et toi, vous m'aidez à me sentir bien, comme si je pouvais être un homme entier à nouveau.

Je restai assis là, comme une grenouille enivrée sur un bout de bois, le fixant du regard, entendant ses mots, mais incapable de les aligner pour qu'ils aient du sens. Je n'étais pas sûr de savoir qui était ce Mitch, mais visiblement, il donnait de bons conseils à Bryan.

— Tu es en train de dire que tu veux essayer de vivre quelque chose avec moi ?

Il acquiesça et se mordit la lèvre inférieure.

— Si tu veux essayer de vivre quelque chose avec moi, oui. Enfin, je comprendrais totalement si tu en avais marre de mes conneries. Comme je n'arrête pas de m'enfuir chaque fois qu'on se rapproche. Si tu ne veux pas de moi, alors je…

— Bryan, peut-être qu'on devrait poser notre verre de vin.

Ses sourcils expressifs se froncèrent, signe de confusion.

— J'aimerais vraiment t'emmener dans ma chambre et te montrer à quel point j'ai envie de toi, mais je détesterais renverser ce vin. Il est trop bon pour finir par terre.

Un sourire lent et brillant fut sa réponse. Il posa son verre sur la table basse. J'en fis de même. Je me levai et lui offris ma main. Lorsqu'il se leva, il entrelaça ses doigts avec les miens. Il baissa la tête pour goûter ma bouche. Je léchai ses lèvres, impatient d'étaler le goût du zinfandel aigre sur sa langue.

Nous progressâmes lentement jusqu'à la porte. Nous dûmes nous arrêter pour nous embrasser, nous toucher, nous débarrasser de nos vêtements et localiser le chef-d'œuvre d'ELP, *Brain Salad Surgery* avant de pouvoir nous laisser tomber sur un lit fraîchement fait. Voilà une autre chose sur ma liste. Deux, en fait.

DRAPS PROPRES. OK.

L'un des hommes les plus canons à avoir eu la grâce d'entrer dans ma vie, allongé nu sur ces draps propres. Plus qu'OK.

QUAND JE DIS CANON, je veux dire viril, d'une beauté incendiaire qui me rend bête. Il avait une forme athlétique. Comme la sculpture d'un ancien gladiateur grec, son corps était long et ferme, musclé et bien foutu. Ses poils couleur acajou couraient sur son torse jusqu'à sa verge, l'entourant de boucles. Ses testicules pendaient entre ses jambes, de petits poils les couvrant, me suppliant de les toucher et de les palper. Cet homme était un chef-d'œuvre de sensualité qui avait curieusement fini dans mon lit. Je devrais rendre hommage à sa perfection.

J'avançai jusqu'à Bryan, impatient de l'avoir et sentant tout de même qu'il avait besoin que ce soit lent. Toxique et abusif. Voilà comment il avait décrit son dernier amant. Il avait donc besoin de caresses plus tendres, de mouvements doux et de beaucoup d'affection. Je pouvais lui offrir ça. Je l'embrassai timidement. Il bandait, oui. Apparemment, son corps était là et impliqué, mais je voulais que tout son être soit présent, pas seulement son érection.

Prenant mon temps, je le goûtai et le mis aussi à l'aise que possible. J'embrassai sa bouche, ses coudes, ses genoux et, oui, ses beaux testicules, puis je pris son sexe entre mes lèvres. Il était paradisiaque. Son goût de liquide préséminal salé arriva sur ma langue avant que je le prenne au plus profond de ma gorge. Il roula des hanches sous moi, se cambrant. J'en voulais plus. J'avais besoin de goûter chaque centimètre de lui cette nuit, parce que Dieu seul savait que j'allais tout gâcher d'une façon ou d'une autre et qu'il finirait par partir. Comme avec Rex, comme avec Gina, probablement même comme avec ce foutu chat qui dormait derrière ma porte.

— Hm, oui, gémit-il.

Je laissai une traînée mouillée de sa verge jusqu'à son torse, touchant son téton jusqu'à ce qu'il se torde sous moi, ses mains s'enroulant autour des draps propres et immaculés. Je le pris dans ma main et le caressai. Cet homme était bien bâti, avec un sexe long et épais. Quand il se cambra, s'arquant vraiment, ses talons s'enfoncèrent dans le matelas et son dos se décolla de trente bons centimètres. Souplesse, ton nom est Bryan Delaney.

Je glissai loin de lui en riant. Il me couvrit, ses jambes puissantes de patineur se mêlant aux miennes, sa bouche chaude et affamée. Je le laissai mener la danse. Ses dents effleurèrent ma gorge. Sa langue suivit une ligne d'encre sur mon épaule et jusqu'à mon bras. Nos érections cognèrent l'une contre l'autre, nos doigts se serrèrent et nos grognements résonnèrent dans la pièce.

— Prends-moi, haletai-je en attrapant ses fesses.

Des muscles fermes emplirent mes paumes. Je serrai fort, obtenant un grondement de l'homme qui roulait des hanches au-dessus de moi.

Il releva la tête de mon cou, où il faisait un suçon que j'allais probablement arborer pendant deux semaines.

Enfin, je n'étais pas gêné d'afficher la marque affectueuse de mon jeune amant glorieux, mais je soupçonnais que mes employés et mon frère auraient des commentaires à faire.

— Quoi ? Non. Tu ne…

Je vis la confusion dans son regard sombre. Son sexe s'appuya contre le mien et ils se retrouvèrent tous les deux aplatis entre nous.

— Je n'ai jamais fait ça pour… tu es sûr ?

— Affirmatif. Je fais les deux. Prends-moi, Bryan, et la prochaine fois, si tu veux, ce sera mon tour.

Il baissa la tête pour capturer ma bouche, son corps irradiant d'une incroyable chaleur. Je m'enroulai autour de cette longue silhouette musclée, impatient de le sentir bouger en moi. Lorsque nous brisâmes notre baiser, nous me préparâmes. Un préservatif, du lubrifiant. Nous tâtonnions tous les deux et gloussions à cause de notre maladresse.

— Regarde-moi, lui intimai-je.

Il posa mon pied sur son épaule, son regard se rivant sur mon visage, puis sur mes fesses alors que j'entrais deux doigts en moi.

— Merde !

Oh bon sang, c'était agréable. Et torride. Il était agenouillé entre mes cuisses et son sexe n'était qu'à quelques centimètres de mon orifice…

— Merde, c'est… oui, tu dois me pénétrer.

Ma déclaration avait semblé autoritaire.

— Pardon, non, fais ce que tu veux.

Je glissai mes doigts hors de mon anus et il bougea pour les remplacer instantanément, son gland épais entrant en moi. Je dis des mots. Enfin, je *croyais* qu'il s'agissait de mots. Centimètre par centimètre, il me pénétra, ses yeux marron me parcourant, là où nous étions joints, puis au niveau de mon visage, de mon torse et enfin de retour vers l'endroit où son sexe était profondément en moi.

— Je veux t'aimer, chuchota-t-il.

Ses longs doigts s'enroulèrent autour de ma cheville.

— Je n'ai jamais été autorisé à aimer un autre homme comme ça.

— Alors, aime-moi, Bryan.

Il tomba sur moi et rattrapa son poids sur ses mains avant de bouger les hanches. Il me regarda intensément alors que je me tortillais et que je gémissais de plaisir. Je me demandai s'il était perdu dans l'une de ses visions. J'attrapai l'arrière de sa nuque de mes deux mains, roulant des hanches et m'accrochant fermement.

— Ne te retiens pas, soufflai-je.

Il ne le fit pas.

Bryan me prit si violemment que je criai. Il marqua une pause, une inquiétude profonde se lisant sur son visage.

— Non ! Oh, merde, non, n'arrête *pas*. Aime-moi, Bryan.

Je me contractai autour de lui et ses yeux roulèrent dans leurs orbites. Il s'abandonna ensuite au plaisir quand mon corps s'agrippa au sien. Il bougea avec grâce et puissance, s'écrasant encore et encore en moi, ses grognements et ses sifflements m'encourageant avant que je jouisse sur mon torse. Bryan s'enfonça encore deux fois avant d'exploser. J'essayai de m'agripper à lui, mais nos peaux étaient bien trop mouillées de sueur pour que je m'y accroche comme il fallait. Lorsque les tremblements qui le traversaient s'amenuisèrent, il tomba sur moi. J'embrassai son visage, levant mes lèvres vers sa joue avant qu'il se dégage de moi, marmonnant quelque chose qui finit étouffé contre les draps froissés.

— Bordel de merde, haletai-je.

Ma respiration était loin de la normale. Je laissai mes yeux se fermer, alors qu'il s'allongeait à mes côtés, nos peaux poisseuses collant l'une à l'autre.

Bryan réussit à rouler sur le flanc, posant la main sur mon torse. Il essuya quelques gouttes de semence avec un doigt. J'ouvris les yeux et tournai la tête dans sa direction.

— J'aime t'aimer, lui chuchotai-je.

Je lui volai un baiser suffocant avant qu'il doive s'en aller pour s'occuper du préservatif. Tandis qu'il était dans la salle de bain, je m'assis avec précaution, sentant un léger picotement ici et là. Je regardai fixement mes orteils, laissant mon corps se refroidir pendant que j'offrais un peu d'intimité à cet homme. J'entendis le doux claquement de pieds nus sur le sol quand il revint dans la chambre, le parquet craquant à côté de la porte. Puis le lit s'affaissa. Bryan s'assit derrière moi et passa un bras autour de moi pour me tendre un gant humide. Le remerciant, je m'essuyai, puis jetai le gant vers le panier à linge dans le coin.

— Là, sur ton dos… ce tatouage. Il est merveilleux.

Ses doigts dansèrent le long de ma colonne vertébrale, me faisant frissonner.

— Cet ange est magnifique. Qu'est-ce qu'il signifie ?

Ce n'était pas censé être le sujet de la conversation, nous devions discuter de choses romantiques maintenant. Pas de ça. Il traça une longue aile translucide avec un doigt rêche. Il commença au milieu de mon dos et remonta jusqu'à mon épaule droite, et il devint de plus en plus difficile pour moi de rester assis-là, tranquillement.

— C'est ma sœur, déclarai-je.

Je priai pour qu'Emerson, Lake & Palmer noient mes paroles. Bryan se redressa, posant sa paume dans le bas de mon dos, là où le tissu léger de la robe de Gina devait se trouver.

— Elle est morte quand elle avait dix ans.

— Je suis tellement désolé.

Il me contourna et vint se placer à côté de moi, son épaule derrière la mienne, et il déposa un baiser sur ma gorge.

— Est-ce qu'elle était malade ?

— Non.

Je n'étais pas sûr de pouvoir continuer. Enfin, qui était cet homme, en fait ? Nous nous étions envoyés en l'air une fois. Ça ne lui donnait aucun droit de connaître mes entrailles malades.

— Si tu n'as pas envie d'en parler…

Je levai le menton et tournai la tête, pour voir ce regard à la fois beau et triste sur moi.

— Si je te le raconte, tu me promets de ne pas me quitter ce soir ? Je ne te demanderai rien de plus, juste une nuit.

J'aurais aimé qu'il réponde, mais il inclina la tête. Je compris donc qu'il me jurait de rester ce soir. C'était tout ce que je pouvais lui demander.

— Mes parents sont partis en Virginie pour un week-end quand Gina avait dix ans. Ils l'ont laissée à la maison avec moi. Garrett avait déménagé depuis longtemps et j'étais en terminale. Je me préparais à avoir mon bac et à rejoindre la Navy.

— C'est pour ça que tu as tous ces trucs polynésiens qui se rapportent à la mer, ici ?

Il tapota mon torse.

— Oui, j'ai eu mon premier tatouage quand j'avais dix-huit ans, dans une boutique à deux pâtés de maisons de la base. J'étais passionné. Ils sont un peu addictifs.

Rester assis là avec lui, chez moi, dans mon lit, à écouter l'un des meilleurs groupes du monde, me donna l'impression que je pouvais raconter cette histoire sans perdre la tête.

— J'ai juré que j'apprendrais ce métier dès que j'aurais fini mon service, ce que j'ai fait.

Il ne me poussa pas une seule fois quand je devenais silencieux ou que je marquais une pause pour reprendre des forces.

— D'accord. Donc Gina. Je la surveillais. C'était le week-end et il était tôt. Elle m'a réveillé pour que je prenne le petit déjeuner avec elle. On a mangé des céréales. Des Coco Pops. Ils rendaient le lait chocolaté et elle adorait ça.

Je souris grâce au souvenir du dernier sourire de Gina.

— Elle voulait aller dehors et jouer avec ses amis, mais aucun n'était encore debout. Je lui ai dit de jouer dans le jardin pendant que je m'occupais de la vaisselle. Elle est sortie, en me criant que je ferais mieux de me dépêcher sinon elle m'arroserait avec le tuyau. Elle aimait faire ça. Elle adorait nous surprendre avec un coup de tuyau d'arrosage.

Je souris malgré la douleur.

C'était le moment où cela dégénérait. Le poids écrasant de toute cette histoire commença à peser sur moi et il devint difficile pour moi de respirer ainsi que de parler. Bryan caressa l'ange sur mon dos, celui avec les yeux bleu brillant et les cheveux volants. Celui qui représentait ma petite sœur comme je souhaitais me souvenir d'elle.

— Je remplissais le lave-vaisselle et je voulais faire une lessive. Maman détestait revenir et voir une pile de linge sale ou de la vaisselle sale. Ensuite, j'ai fait un petit tour dans le salon pour ranger, puisque nous avions regardé un film, la veille. Tout ça a peut-être duré quinze minutes…

Bryan ne dit rien, il bougea juste sa main en un petit cercle. Je pris sur moi et continuai. Quand le vin est tiré, il faut le boire, comme on dit…

— Quand je… Quand je suis arrivé dans le jardin, je l'ai vue allongée sur l'herbe. Ce n'était pas nouveau, elle le faisait parfois. Elle s'allongeait sur le ventre pour observer une chenille ou un pissenlit, ou alors elle se mettait sur le dos pour étudier les nuages. Gina était une rêveuse.

Je marquai une autre pause pour rassembler tout mon courage.

— C'est quand je me suis approché d'elle et que je lui ai demandé ce qu'elle regardait que j'ai compris que quelque chose clochait. Elle, euh… elle ne bougeait pas, ne respirait pas. Je me suis agenouillé à côté d'elle et j'ai vu qu'elle avait du vomi sur les lèvres et le menton.

Je m'arrêtai encore un instant, cette fois-ci, pour repousser mes souvenirs. Ils m'assaillirent tout de même, me montrant chaque seconde de cette matinée, aussi puissamment qu'un tsunami.

— J'ignorais totalement ce que je devais faire. J'ai essayé un massage cardiaque, mais il était trop tard. Elle était morte depuis longtemps quand je l'ai enfin rejointe. Ils ont dit qu'elle avait fait une crise d'épilepsie. Avant, ils appelaient ça le grand mal, maintenant ils parlent de MSIE. Mort subite et inexpliquée en épilepsie. C'était la première crise de sa vie et quand elle est tombée, elle s'est cogné le dos et s'est étouffée avec son propre vomi.

Je m'essuyai inconsciemment la bouche avec la main, pour me débarrasser du souvenir de ce jour, lorsque j'avais posé mes lèvres sur celles de ma sœur pour essayer d'insuffler de la vie en elle.

Le soupir tremblant que je pris ne réussit pas à apaiser le sanglot bref et violent qui m'échappa. Ils étaient toujours là, ces foutus sanglots. Ils se libéraient chaque fois que j'abordais la mort de Gina. Ce qui était la raison pour laquelle je ne l'évoquais pas souvent.

Bryan passa un bras autour de moi et me serra contre lui.

— Ma famille est plus ou moins tombée en lambeaux après ça. La Navy est la seule chose qui m'a empêché de boire jusqu'à la mort. Mes parents ne me parlent plus et mon frère ne sait pas quoi me dire. Merde. Pardon, c'est difficile. C'est ma faute, si elle est morte. Si j'étais sorti avec elle quand elle… quand elle l'a demandé la première fois.

Je toussai et bredouillai, passant une main sur mon visage. Les haut-le-cœur arrivèrent. Puis les tremblements. Et enfin, les larmes silencieuses. Et pendant tout ce temps, Bryan resta assis à côté de moi, m'enlaça, me chuchota que ce n'était pas ma faute, que parfois de bonnes personnes mouraient jeunes et que je n'étais pas à blâmer pour les plans divins.

Quand le pire de la crise fut passé, je me blottis contre son flanc, ma joue appuyée contre son torse, ses doigts recommençant à tracer les ailes de Gina.

— Eh bien, waouh, quelle soirée amusante, déclarai-je d'une voix étranglée.

J'espérais nous sortir du trou de désespoir dans lequel nous étions.

— Tu veux jouer au Uno ou un truc comme ça ?

— On pourrait manger, mais peut-être plus tard. Pour l'instant, on peut se serrer dans les bras. J'en ai besoin, affirma-t-il.

— Ouais, moi aussi.

Je pris son beau visage en coupe entre mes mains et l'embrassai avec tout ce que j'avais en moi, ce qui n'était probablement pas grand-chose, mais je le lui donnai.

— Merci de ne pas t'être enfui en courant.

Il m'attira près de lui, passant son bras dans mon dos. Nous nous allongeâmes et tirâmes les couvertures sur nous.

— Tu as écouté mes histoires tristes et tu ne m'as pas jeté dehors, déclara-t-il d'une voix basse et rauque.

Ses doigts bougeaient dans mes cheveux. Ma joue était sur la partie charnue de son bras. Son torse s'élevait et retombait brutalement.

— Tu n'imagines même pas les choses que je l'ai autorisé à me faire. Les choses que je l'ai aidé à faire à d'autres personnes. Moi aussi, j'ai blessé des gens, Gat.

Je roulai légèrement contre lui, suffisamment pour déposer un baiser sur son torse.

Peut-être, oui, peut-être que tous les deux, nous pourrions apprendre à l'autre comment passer au-delà des horribles erreurs qui nous rongeaient ? La guérison pouvait-elle commencer ce soir, avec cette étreinte ?

Chapter Neuf

— Quand t'es-tu fait cette cicatrice ?

Gatlin m'avait réveillé avec du café et des baisers déposés au sommet de ma colonne vertébrale. Il m'embrassait tendrement et me chuchotait des bonjours. J'avais été bercé par la paix de ce moment. J'avais bu mon café, je m'étais un peu trop détendu et il avait trouvé la balafre.

Elle se recourbait derrière mon os iliaque et finissait près de ma colonne vertébrale. Ce trait de chair pâle me rappelait une bagarre que j'aurais aimé pouvoir oublier, particulièrement avec tout ce qui s'était produit depuis. Elle n'était pas évidente, dans la semi-obscurité, mais à la lumière du jour, elle était bien visible.

Je roulai rapidement sur le dos et attirai Gatlin près de moi, le distrayant de sa question, sachant que je n'étais pas prêt à expliquer.

— Embrasse-moi, lui ordonnai-je.

Il recula légèrement vers moi et me sourit.

— Arrête de changer de sujet.

— Ce n'est pas ce que je fais, niai-je en l'embrassant à nouveau.

Cette fois-ci, mon envie désespérée de le faire taire était réelle. Nous avions suffisamment discuté hier soir et je ne pensais pas que nous ne ferions que ça.

Et pour le sexe ? Si on s'envoyait encore en l'air ?

Je glissai mes mains dans son dos, imaginant l'ange, traçant ses muscles, jusqu'à ce que je puisse m'agripper à ses fesses et me frotter contre lui. Cela l'empêcha de continuer à parler. Il grogna pendant le baiser et, curieusement, il se libéra de ma prise, se rassit avant de s'agenouiller et de me regarder. Il bandait. Ce n'était pas un problème d'excitation. Alors pourquoi arrêtait-il ?

— Bryan, d'où vient la cicatrice ?

— Pourquoi est-ce important ?

— Ça aurait pu ne pas l'être, commença Gatlin avec une patience mesurée, mais tu ne veux pas en parler, donc je me dis qu'elle doit signifier quelque chose pour toi.

— Ce n'est rien.

— C'était un accident sur la glace ?

Il attendit que je réponde. À ce moment, j'aurais pu dire oui et cela aurait été fini. Il m'aurait cru et nous serions passés à autre chose. Ses beaux yeux étaient emplis de tant de compassion. Après ce que nous avions partagé hier soir, pouvais-je échanger avec lui sur ce sujet ?

— En quelque sorte, nuançai-je.

Je soupirai ensuite lourdement quand le mensonge eut un goût amer sur ma langue.

— Non.

Je ne savais pas quoi dire d'autre. J'avais imaginé en parler à quelqu'un un jour, mais dans ma tête, cela aurait dû être Aarni, qui m'aurait écouté et aurait compris mon histoire. Aarni, mon chevalier blanc.

— Attends là, m'ordonna Gatlin.

Il marcha lentement, glorieusement nu, jusqu'à un meuble au coin de la pièce. Je ne l'avais pas vraiment regardé auparavant, mais des blocs-notes étaient éparpillés dessus, avec des pots à crayons. Il choisit le carnet tout en haut de la pile. Je reconnus son cahier de croquis qu'il ramena au lit. Il s'assit, les jambes croisées, devant moi, avant de trouver une page et de la placer face à moi.

— Regarde.

Je fus soulagé qu'il interrompe son flot de questions.

J'examinai le dessin et ma poitrine se serra. Il était magnifique, avec des nuances de bleu et la touche avant-gardiste de la chouette en contraste avec la vapeur d'une vieille locomotive et un moteur en fonte. Il avait dessiné plusieurs vues du même dessin. Au centre se trouvait une boussole et les points cardinaux se fondaient dans le brouillard.

— Que signifie la boussole ?

— J'avais l'impression que le hockey était ton centre et que ta vie se développait autour de ça.

J'écoutai ce qu'il disait et je me sentis incroyablement triste. J'avais une famille. Daisy, George, Emma et Tom avaient peut-être été ma famille d'accueil temporaire, mais j'avais grandi avec eux pendant les trois ans où j'avais vécu à Erie. Il fallait que je le raconte à Gatlin, mais je n'avais pas les mots en tête.

— C'est parfait, murmurai-je.

— Hé, tu sais qui est Matt Groening ? demanda-t-il.

Je levai les yeux vers lui.

— Le mec qui dessine les *Simpsons* ?

— Ouais. Et tu sais que quand il a dessiné Homer, à l'origine, il a délibérément écrit ses initiales dans ses cheveux et ses oreilles ? Enfin, il a changé d'avis pour le G, finalement, mais le M est toujours là.

Je n'étais pas sûr de saisir où il voulait en venir, mais visiblement, Gatlin voulait me faire comprendre quelque chose. Le connaissant, ce serait artistiquement profond. J'aimais cette passion chez lui.

— Je l'ignorais.

Il baissa momentanément les yeux, comme s'il était embarrassé, puis il montra l'une des plumes détaillées qui se transformait en pièce d'horlogerie.

— Je fais la même chose avec le design des casques.

Il traça le contour pour que je puisse vraiment voir un G.

— Waouh, donc il y a aussi un G sur celui de Stan ?

— Regarde le lapin représentant Noah et tu le verras dans la courbe des oreilles poilues.

— Je le ferai. Au fait, je pensais que, peut-être, on pourrait attendre pour mon casque.

— Tu n'as pas besoin de dire que tu aimes le design, si ce n'est pas le cas, murmura Gatlin.

Je le regardai, horrifié à l'idée qu'il pense cela. Il était différent. J'avais l'impression de pouvoir être totalement honnête avec lui et comment diable était-ce arrivé ? Je ne le connaissais que depuis un petit moment, mais curieusement, il était la première personne à qui j'avais envie de me confier, en dehors de Daisy.

Ne lui fais pas confiance. Il finira par se moquer de toi.

Je repoussai cette petite voix dans ma tête, qui ressemblait terriblement à celle d'Aarni.

— J'adore. C'est juste que je ne veux pas que ce soit fait

si je suis relégué chez les espoirs ou échangé avec une autre équipe.

Je haussai les épaules en le disant, comme si ça n'avait pas d'importance pour moi de rester ou non.

Il entrelaça ses doigts avec les miens.

— Ils seraient idiots de te laisser partir. Tu es exactement ce dont les Railers ont besoin, tu es un remplaçant efficace pour Stan et un jour, tu seras le titulaire.

— C'est ce que toi, tu dis… marmonnai-je.

— Ils t'ont parlé de quelque chose ?

Je clignai des yeux vers lui, analysant ce qu'on m'avait dit. Certains mots continuaient d'apparaître dans les discours d'encouragement de la part des coachs. Promesse. Stabilité. Confiance. Ainsi que des plans à long terme pour mon rôle qu'Alain Gagnon m'avait donné quand je m'entraînais avec Stan, il me soutenait et je travaillais dur pour l'équipe.

Visiblement, ils m'appréciaient. L'espoir naquit dans mon cœur et au même moment, je me rendis compte que je fixais Gatlin.

— Non, ils veulent travailler avec moi. Ils m'ont acheté. Je dois croire que je vais rester un moment si je travaille dur.

— Je vais bientôt commencer le design du casque, alors ?

C'était une question, pas une déclaration, et je n'eus pas besoin de peser mes options pour avoir la réponse. Même si j'étais transféré à l'autre bout du pays, j'aurais au moins l'art de Gatlin à emmener avec moi ainsi qu'un rappel des Railers qui semblaient tout bonnement gentils avec moi.

— Ouais. J'imagine.

— Comment as-tu eu cette cicatrice, Bryan ? demanda-t-il.

Sa voix fut si douce que je faillis ne pas l'entendre. La paix disparut de mon esprit et je fus ramené aux derniers jours passés dans ma maison d'enfance.

— Je me suis battu. Pas pendant un match de hockey.

Je m'arrêtai et songeai à la meilleure façon de débuter cette discussion. Je ne voulais pas et n'avais pas besoin de pitié, donc un récit clinique était mieux. J'inspirai profondément et pris la parole.

— J'avais ce bon ami, Darren. On était super proches, on a fini par s'embrasser. Son oncle, un pasteur, nous a surpris et nous a fait un sermon sur le diable. Mon ami s'est conformé à ces idées, il a fini par se marier. Moi, je n'allais pas changer à cause de la religion. Seulement, ma mère était dévastée par mon péché mortel et mon père, qui aimait boire, a décidé d'utiliser ses poings sur moi. J'avais quinze ans et je me suis battu en retour. Je suis passé à travers la fenêtre du patio et j'ai été coupé. J'ai eu de la chance que ça ne tranche pas d'artère ni rien. C'est une cicatrice horrible, mais cette période était violente.

Ce fut un soulagement de tout faire sortir, mais je brûlais de honte et j'étais en même temps effrayé qu'il me voie différemment.

Silence. J'attendis que Gatlin dise quelque chose, n'importe quoi, sourie ou fronce les sourcils, mais tout ce que je voyais, c'était qu'il déglutissait et que son regard brillait d'émotion.

— D'accord, commença-t-il en me serrant la main. Et si on utilisait cette cicatrice que tu trouves moche pour en faire quelque chose de beau.

D'une main, il fit le croquis de la chouette, ajouta la boussole ainsi que le contour d'un palet en 3D qui déchirait ma peau. Cela n'aurait pas dû fonctionner, mais c'était beau.

— En noir et gris, surtout, ou peut-être qu'on peut ajouter des touches de marron et de cuivre et une pointe de couleur dans les yeux de l'oiseau.

Je le regardai dessiner, m'émerveillant de la magie qu'il créait, mais je ne compris pas, au début. Il poussa ensuite le carnet vers moi et le retourna.

— Les tatouages pour couvrir les cicatrices peuvent être vraiment beaux. La peau est sensible, mais tu peux le supporter. Comme ça, il n'y aurait plus de cicatrice. Il y aurait un chasseur nocturne, avec ta vue aiguisée, et on ancrerait le hockey avec la boussole et le palet.

Je levai les yeux pour regarder son visage et me concentrai à nouveau sur le croquis.

— Tu m'impressionnes, chuchotai-je.

— Je pourrais faire autre chose. À toi de voir.

Il plissa le nez en parlant, affichant toute sa modestie.

— Non ! C'est ce que je veux.

Il gloussa et se pencha pour m'embrasser.

— Et si tu me le disais, quand tu serais prêt à commencer ? Je pourrais y aller lentement, m'en charger quand la boutique n'est pas ouverte pour que ce soit *vraiment* personnel.

Il agita ses sourcils, me taquinant en sous-entendant à quel point cela pouvait être *personnel*.

Brusquement, j'eus envie de l'avoir sous moi, sur moi ou en moi. Tant que nous faisions quelque chose qui impliquait beaucoup de contacts rapprochés et personnels, je m'en moquais.

J'adorais les designs. Sa compassion n'était pas emplie de pitié. Alors qu'il m'embrassait profondément, tout ce que je pouvais me dire, c'était à quel point ce serait facile de tomber amoureux de Gatlin.

Si je m'y autorisais.

AARNI ne m'avait pas contacté depuis si longtemps que j'avais presque oublié qu'il faisait partie de ma vie. Je reçus ce qui ressemblait à un appel de poche alors qu'il était au bar. Il n'y avait aucun message, mais cela signifiait que mon nom devait être le premier sur la liste de numéros en raccourci. Il devait donc encore le posséder.

Qu'est-ce que cela me faisait ressentir ? J'étais confus, je me demandais pourquoi il ne m'avait pas contacté pour s'excuser de ce qu'il s'était passé. Ou peut-être que j'étais perplexe qu'il ne m'ait pas téléphoné pour me faire la leçon.

Rien de tout ça ne me donnait l'impression d'avoir tiré un trait sur Aarni, mais lors de l'entraînement, j'avais travaillé si dur sans réfléchir à tout ça que Stan alla s'asseoir et décida de me regarder tandis que l'équipe tirait de sacrés palets en direction de mon filet. Bien sûr, il ne resta pas assis bien longtemps, mais ce fut suffisant pour que toute l'équipe affirme que je léchais les bottes des coachs.

Cela fut dit avec affection, évidemment.

Adler sembla déterminé à bosser sur ses meilleurs chants. Le temps qu'il passa dans mon espace personnel était comique et il arrêta d'essayer de me mettre sur les nerfs quand Ten tenta sa chance. Il passa ensuite un long moment à s'évertuer à mettre un but du côté de mon bloqueur. Ça n'arriva pas, donc finalement, ce fut moi qui chantai pour me moquer de lui.

— Je croyais que tu étais doué pour ça, dis-je alors qu'il patinait en arrière.

Il m'adressa un doigt d'honneur, mais son sourire s'étirait jusqu'à ses oreilles. Comme s'il adorait *me* tirer dessus, comme si peut-être, il *m*'appréciait.

Une fois l'entraînement terminé, je ne pensais plus à Aarni et le bourdonnement du hockey ainsi que de la vie bouillonnaient dans mes veines. J'avançai jusqu'aux vestiaires. À cause de l'installation pendant les entraînements, j'étais tout au bout de la pièce, mais je ne me sentais pas isolé pour autant. En fait, cela m'offrait un peu d'espace pour échapper aux taquineries, aux rires et aux plaisanteries, je pouvais donc réfléchir dans mon coin si j'en avais besoin. Même si personne ne m'avait encore fait de blague, mais ce n'était pas grave. Je savais que personne ne le faisait avec Stan parce qu'il était un Russe imprévisible et qu'il pourrait écraser le farceur. Donc peut-être que les gardiens étaient hors limites ?

Je n'avais pas songé à la raison pour laquelle il n'y avait qu'une bouteille de shampoing sur le côté, alors qu'une sélection était généralement offerte aux joueurs. Je ne me demandai pas non plus pourquoi, à ce moment-là, j'étais le seul dans les douches ni pourquoi cela avait de l'importance. Je savais simplement qu'il y avait de l'eau chaude. Je fermai les yeux et inclinai la tête pour qu'elle puisse apaiser la tension dans mes épaules. Le shampoing avait une odeur de rose ou quelque chose d'autre d'étrange. Je me séchai et avançai jusqu'au miroir.

J'étais bleu. La couleur coulait sur mon visage et mon corps.

Je souris à mon reflet.

Bon sang, j'étais du bleu des Railers. J'étais un schtroumpf gardien et j'adorais ça.

Personne n'en assuma la responsabilité, mais Adler sifflota plus que d'habitude et je le vis taper dans la main de Lester et Connor.

C'est parti pour les blagues.

Lorsque j'arrivai au salon de tatouage, mon sac pour la nuit à la main, Gatlin fixa les traînées avec les yeux écarquillés, tandis que j'expliquais que cela ne durerait qu'un jour ou deux. Il ricana et m'embrassa. Puis, quand la boutique fut fermée, il réussit à embrasser toutes les parties bleues qu'il pouvait trouver. Apparemment, il avait un faible pour la couleur et je me résolus alors à être la personne la plus colorée possible. Pour lui.

Si nous jouions à domicile, je restais à l'appartement. Quand nous étions en déplacement, Gatlin et moi nous appelions en visio. Je devais avoir ma dose quotidienne de lui, et parfois, il me faisait tellement sourire que l'un des membres de l'équipe me donnait un petit coup dans les flancs et me demandait quelle était la plaisanterie.

Stan résuma le tout.

— Ton sourire est plus grand que le plus grand des trucs grands.

Du moins, je crus qu'il dit ça, puisqu'une partie fut en russe.

Arrivé au mois de novembre, je me sentis comme partie intégrante de l'équipe, quelqu'un dont l'opinion comptait, et les Railers avaient la position de troisième dans le championnat. J'avais eu sept titularisations jusqu'à maintenant. J'en avais remporté quatre, perdu deux et en avais mené une jusqu'au temps additionnel. Ten avait gagné pour nous avec l'un des plus beaux buts de la saison, jusqu'ici.

Nous étions vraiment doués et quant à moi, j'étais heureux de vivre dans l'appartement au-dessus du salon de tatouages. Celui sur ma hanche commençait à prendre forme. Gatlin était concentré quand il travaillait sur ma peau. Je le regardais fixement, le taquinais, essayais de le faire rire. C'était comme si la personne que j'étais réellement sortait de sa coquille, celle qui s'était délibérément formée après ce qu'il s'était passé quand j'avais quinze ans, avec mes parents biologiques.

Ce soir-là, Daisy et George étaient à la patinoire pour nous regarder contre Columbus et nous nous battions pour prendre la position de deuxième dans le classement. Gatlin était en formation et ne reviendrait que plus tard, mais il pourrait les rencontrer. Je n'étais pas dans les buts.

Je devais l'être pour le match de ce week-end, contre l'un de nos rivaux en Pennsylvanie, et ma famille d'accueil restait pour le voir. Ce qui signifiait que j'avais du temps pour me concentrer sur *eux*. Après le match, je leur fis rencontrer tous les membres de l'équipe. Daisy avait un faible pour Ten et celui-ci fut heureux de l'enlacer longuement et de lui promettre de lui offrir un palet signé.

— Pourquoi pas un maillot, aussi ? s'enquit-il.

Il tendit la main vers son sac pour en sortir un. Le petit prodige en avait toujours de rechange sur lui, *pour ses fans*. J'avais remarqué quelques maillots Delaney, dans la foule qui assistait au match, et j'avais noté mentalement d'en avoir quelques-uns sur moi quand je rencontrerais des gens qui me connaissaient.

— C'est ma mère et elle voudra un des miens, protestai-je.

Je boudai en regardant Ten et j'affichai une expression blessée sur mon visage. Daisy arrêta de flirter avec Ten, écarquilla les yeux, et l'équipe se retourna vers moi.

— Bryan ?

— Quoi ?

— Tu viens de m'appeler maman, hoqueta-t-elle.

Elle m'attira pour m'étreindre. Je ne savais pas pourquoi c'était un tel choc. Elle était ma véritable mère depuis que j'avais quinze ans.

— Tu ne m'as jamais vraiment appelée comme ça.

Oh.

Je ne m'étais pas rendu compte que je m'étais retenu de le faire. Nous nous étreignîmes et lorsqu'elle s'éloigna, elle chuchota à mon oreille.

— Je prends quand même le maillot de Ten, me taquina-t-elle. Mais je t'aime, chéri.

— Je t'aime, maman.

Je me tournai ensuite vers George, qui discutait avec Connor d'un mouvement que Gretazky avait effectué dans les années soixante-dix et auquel il avait assisté.

— Je t'aime aussi, lui dis-je en lui donnant un coup dans le bras. Papa.

Il me regarda, puis se tourna vers maman, perplexe, avant de m'enlacer.

— Moi aussi, je t'aime, fils.

Tout était parfait. Ce soir, j'allais peut-être dire à Gatlin ce que je ressentais.

Lorsque nous finîmes tous chez Stan et Erik, mes parents furent bien accueillis et j'étais tellement fier d'eux. Gatlin arriva un peu plus tard et je le présentai à papa et maman, ce qui rendit évidemment cette dernière toute sentimentale et encline aux câlins.

Gatlin parla à papa pendant longtemps. Ils semblaient tous les deux sérieux, mais je laissai faire.

— Ton jeune homme est adorable, déclara ma mère.

Elle me retrouva quand je sortais de la cuisine avec une assiette de nachos. Elle en vola une poignée et déposa un baiser sur ma joue.

— Je vois que papa l'aime bien aussi.

— Je l'aime, soufflai-je.

J'aurais dû me mordre la langue. Je ne voulais pas que ma déclaration d'amour soit entendue par un membre des Railers qui venait prendre sa dose de chips et de sauce dans l'immense cuisine de Stan.

Elle se contenta de me tapoter le torse.

— Je sais.

Gatlin et moi les déposâmes à leur hôtel et je fus silencieux dans la voiture pendant le trajet jusqu'à son appartement, l'obscurité incitant tout genre de secrets.

— Je t'aime, déclarai-je de façon aussi dramatique que je l'avais fait avec Daisy.

Nous étions à mi-chemin et nous apprêtions à tourner à un feu rouge.

Gatlin me jeta un regard en coin, prit le virage, puis mit son clignotant et se gara sur la première place libre. Il me gratifia d'un baiser profond et infini. Cela laissa une marque sur moi que je ne voudrais jamais effacer.

— Je t'aime aussi, murmura-t-il contre mes lèvres.

Il continua ensuite le trajet jusqu'à la maison.

Ouais. La vie était géniale.

Chapter Dix

GATLIN

Son dos contre mon torse, j'entendais la lourde respiration d'un homme proche de l'orgasme qui emplissait à la fois la chambre et mon âme, tandis que ma main s'enroulait fermement autour de son sexe. Chaque matinée devrait commencer ainsi. Bryan donna des coups de reins entre mes doigts, sa peau rougie et poisseuse à cause d'une sueur que j'étalais avidement. Mon érection poussa contre ses fesses fermes, épuisée, ma semence étalée dans son dos, puisqu'il m'avait supplié de me retirer, de jeter le préservatif et de jouir sur lui.

— Je t'aime, murmurai-je contre son épaule.

Son pénis tressaillit, couvrant mes doigts et les draps. Bryan hoqueta et fit des va-et-vient dans ma main, tenant fermement mon poignet.

— Oh merde.

Il haleta tandis que son corps se contractait, jusqu'à ses orteils qui s'enfonçaient dans les draps sales.

— Moi aussi… je t'aime.

Je déposai un bon nombre de baisers dans son cou et sur son oreille, pompant son membre jusqu'à ce que les tremblements diminuent et qu'il fonde dans mes bras.

— Tu vas mieux, maintenant ?

Il acquiesça, son torse s'élevant et retombant à un rythme raisonnable.

Il avait été plus que tendu depuis que décembre se rapprochait. Demain, c'était Thanksgiving, un repas que lui et moi allions préparer et partager ici. Dans une semaine, les Raptors arriveraient à Harrisburg. À chaque jour qui passait, je sentais son anxiété monter davantage.

Les mots ne fonctionnaient pas vraiment pour apaiser son inquiétude. Mais le sexe réussissait assez bien et j'étais ravi de le débarrasser du stress aussi souvent que nécessaire. Nous envoyer en l'air comme des loups sauvages n'allaient pas marcher très longtemps et il redeviendrait l'homme que j'avais rencontré. Il sursauterait, serait effrayé et vivrait dans un état perpétuel d'anxiété. Tout ça à cause d'Aarni, ce connard maltraitant. Si j'avais eu accès à un camion-benne de la ville et trouvé ce salaud sordide à la tête de cul, je lui aurais roulé dessus. Puis j'aurais reculé pour recommencer. J'aurais continué jusqu'à ce qu'Aarni Lankinen ne soit rien de plus qu'une tache de graisse rouge dans la rue.

— Bien. Nous avons beaucoup de préparations à faire, pour demain. La recette de farce de ta mère contient des huîtres.

Je blottis mon nez à la base de son cou, le mordillant légèrement alors qu'il ramollissait dans mes bras.

— Je vais faire un saut au magasin pour en acheter. J'adore ta mère.

— Hmm, ah oui ? Pourquoi ? Parce qu'elle a partagé sa recette avec toi ?

— Parce qu'elle m'a appelé jeune homme.

Il rit d'un air endormi avant de s'assoupir, satisfait, sûr et en sécurité. Et c'était ainsi qu'il resterait. Je le protégerais toute ma vie, si nécessaire. Je le serrai longtemps dans mes bras, m'émerveillant de ma chance d'avoir cet homme. Tristement, l'envie d'aller aux toilettes devint trop forte pour que je l'ignore. Je déposai un baiser contre son dos, là où la couleur et le nouveau design apparaissaient. Je le couvris et commençai ma journée. Toilettes, douche, tant pis pour le rasage, puisque Bryan disait qu'il aimait les barbes grisonnantes.

Une fois que le café eut coulé, je remplis une tasse et partis au rez-de-chaussée pour trouver le journal et vérifier les ventes d'huîtres. Si les ventes d'huîtres existaient, bien sûr. Garrett tourna la clé dans la serrure quand j'ouvris la porte, le surprenant tellement qu'il laissa tomber sa sacoche.

— Bon sang, cracha-t-il par-dessus mes ricanements.

Quand il reprit son calme, je fermai la porte et verrouillai derrière lui. J'avais deux jours de libres et je ne voulais pas qu'un client sans rendez-vous entre sans que je m'en rende compte. Deux jours avec Bryan. Quelle parfaite façon de célébrer Thanksgiving, lorsque l'on fête ce pour quoi on est reconnaissant. Enfin, il y aurait Bryan et les invités que nous avions pour le dîner.

— Tu es bien joyeux. Ça doit être à cause du jeune qui réchauffe ton lit ?

— Sûrement.

Je lui adressai un sourire et un clin d'œil salace.

Un petit sourire étira ses fines lèvres.

— Je suis ravi pour toi alors.

— Ah oui ?

Je marquai une pause près de la caisse, où Jess mettait généralement le courrier.

— Tu as l'air surpris.

Il prit la tasse de café dans ma main, but une gorgée, grimaça et me la rendit.

— Eh bien, un peu, oui, pour être honnête. Je croyais que toi et les autres, vous vouliez simplement me voir souffrir.

— Oh, nom de Dieu, Gatlin ! cria Garrett.

Il claqua sa sacoche en cuir remplie de papiers importants de la banque sur le comptoir en verre. Je levai la tête alors que je cherchais une publicité pour l'épicerie.

— J'aimerais savoir où diable tu as eu cette idée que je voulais que tu souffres !

— Je l'ai laissée mourir.

Il me dévisagea, bouche bée, pendant de longues secondes. Je me penchai en arrière pour fouiller sous la caisse. Quand je me redressai, les mains vides, son expression était passée de la colère à une légère exaspération. Il soupira, arrangea sa cravate qui s'était libérée de sa veste quand il avait claqué sa sacoche sur le comptoir et me fixa du regard.

— Gatlin, tu ne l'as pas *laissée* mourir.

— Mais…

Il leva la main pour couper mes mots comme avec une hachette.

— Non, pour une fois, juste une putain de fois, tu veux bien m'écouter ? Je ne t'ai jamais tenu pour responsable de la mort de Gina. Cette crise d'épilepsie aurait pu lui arriver à n'importe quel moment. Malheureusement, ça s'est produit quand elle était seule. Non, ne parle pas, écoute-moi, pour une fois ! Tu étais un bon grand frère, nous l'étions tous les deux. On l'adorait. On la gâtait. On était fous d'elle. Mais personne ne peut être avec quelqu'un chaque minute de la journée. Tu as porté ce fardeau pendant vingt ans et c'est un poids inutile.

Je l'étudiai intensément, une tasse de café dans ma main tremblante.

— Maman et papa me tiennent pour responsable.

— Ce qui est la raison pour laquelle je ne leur ai pas adressé la parole depuis l'enterrement de Gina.

Waouh. C'était nouveau pour moi. Je savais qu'ils étaient en froid depuis un moment, mais je n'avais jamais compris pourquoi. Garrett n'était pas du genre à s'épancher. J'imaginais que c'était un trait de famille.

— J'aimerais juste savoir comment *te* parler, ajouta-t-il.

Il me regarda fixement et j'en fis de même avec lui.

— D'accord, eh bien, merci de ne pas me détester. Je croyais que c'était le cas.

Son nez vacilla légèrement. Signe qu'il était toujours légèrement furieux.

— Tu l'aurais su si tu me parlais et que tu ne supposais pas toujours le pire.

D'accord. Eh bien, ce genre de choses allait dans les deux sens, mais bon sang. J'étais fatigué et amoureux, donc je n'allais pas pinailler avec lui. J'avançai pour lui donner une étreinte maladroite par-dessus le comptoir, mais il recula légèrement.

— Pas besoin de faire comme si nous étions soudain une famille incroyablement démonstrative, marmonna-t-il dans sa barbe.

Il m'offrit sa main. Je la saisis et la serrai. Jess avait dû hériter son attitude câline d'un gène potentiellement présent chez un ancêtre lointain, puisqu'elle ne l'avait *carrément* pas obtenue grâce à une branche ou l'autre de son arbre généalogique direct.

Quelqu'un s'éclaircit la gorge. Garrett et moi jetâmes un coup d'œil sur la droite. Là se tenait Bryan, en survêtement polaire, en baskets miteuses et en débardeur dévoilant ses magnifiques épaules ainsi que ses bras et une marque sombre signe d'amour sur son cou. Il avait la tête de quelqu'un qui sortait du lit. Donc oui, le plus bel homme du monde m'observait en haussant les sourcils.

— Oh, pardon. Bryan Delaney, voici mon frère aîné, Garrett.

Je fis un signe vers ce dernier, qui avança vers mon amant pour lui serrer la main.

— Garrett, voici mon petit ami, Bryan.

Celui-ci me lança un sourire timide. Nous n'avions pas vraiment utilisé d'étiquette si formelle auparavant. Cela me semblait normal.

— Ravi de te rencontrer. Gatlin parle tout le temps de toi. Tu viens au dîner de Thanksgiving, demain ? Mes parents prennent l'avion pour nous rendre visite quelques jours.

Mon frère m'observa, la main toujours prise dans celle de mon amant. J'acquiesçai. Garrett inclina légèrement la tête.

— Je viendrai seul. Ma femme est à Nantucket avec ses grands-parents. Oh. Je devrais transmettre l'invitation à Jess.

Il relâcha la main de Bryan. Je levai les yeux au plafond

et frottai mon début de barbe avant d'entendre le lourd soupir de mon frère.

— Elle a déjà été conviée, n'est-ce pas ?

Je commençai à dire quelque chose. Tout comme Bryan. Mon frère secoua la tête et gloussa. Je lui lançai un sourire moqueur.

— Apporte ce canard luxueux que tu amasses comme Scrooge le fait avec les pièces de monnaie, déclarai-je.

Il leva les yeux au ciel et je sus que tout allait bien entre nous. Nous n'étions peut-être pas des frères idéaux, mais au moins, je savais qu'il s'inquiétait pour moi. À sa façon étrange. Un Grec célèbre, Prométhée, peut-être, avait dit que les grandes choses avaient de petits commencements. Peut-être que mon frère et moi étions destinés à de grandes choses.

LES RAPTORS AVAIENT PRIS l'avion jusqu'à notre ville.

Stan avait été dans les filets la veille, contre le New Jersey, et comme Bryan connaissait bien cette équipe, il serait dans la cage. Il était tombé dans ce genre de calme étrange avant de partir pour le match. Incapable de le décrire autrement, je dirais qu'il avait rejoint cet état d'esprit où allaient les gardiens se préparant mentalement. Assis sur un siège dans une loge adorable du nom de « Bateau à vapeur », j'étais entouré de mecs genre chefs d'entreprise, ce qui ne me dérangeait pas. Moi, avec mon maillot Delaney, mon jean usé et mes baskets totalement mortes, je ne me distinguais pas du tout au milieu de tous les costumes luxueux. Non. Pas du tout. Garrett se serait senti chez lui.

Dès que le palet tomba au centre de la glace, le jeu

commença et la situation devint intense. Les deux équipes étaient sur les nerfs et chaque chance de marquer un but était saisie. D'habitude, ce genre d'agressivité était réservé pour les rivalités inter-état ou les matchs de phases finales. Des hommes gigantesques furent projetés contre les panneaux de protection par d'autres joueurs immenses. De petites rixes éclataient ici et là, les joueurs se poussant près des buts ou se disputant même quand les lignes étaient changées.

Les fans adoraient ça. Bon sang. *J'adorais* ça. Si mon homme se faisait tabasser, je n'apprécierais peut-être pas, mais il était en sécurité dans son filet. Quoiqu'il était aussi un peu plus prompt que d'habitude à pousser et à utiliser sa crosse pour frapper un Raptor. La première période était serrée, il y eut peu de tirs cadrés, mais beaucoup d'actions d'un bout à l'autre de la patinoire et d'efforts de la part des joueurs. Une bagarre allait exploser. On sentait l'agressivité frémir aussi facilement que l'on percevait l'odeur du pop-corn, de la bière pur malt et de hamburgers en train de cuire.

Donc, lorsque le fracas résonna le long des panneaux à la gauche de Bryan, personne n'en fut surpris. Nous bondîmes tous sur nos pieds et applaudîmes quand le grand Adler Lockhart mit un coup de poing à Petrov Egorov, un défenseur des Raptors tout aussi immense. Celui-ci avait commis une faute sur notre joueur sans qu'elle soit sifflée. Les corps se collèrent et les fans devinrent fous.

Bien sûr, Tennant Rowe se jeta dans la mêlée pour tenter d'éloigner le Raptor de son coéquipier. Ce qui arriva ensuite se produisit en une demi-seconde, mais c'était l'une de ces scènes que tous ceux qui y assistaient garderaient en mémoire pour toujours. Quelqu'un attrapa la tête de Rowe dans la foule d'hommes, de crosses et de maillots déchirés. Plus tard, après un millier de replays, on verrait que celui qui avait arraché le casque de Tennant l'avait fait de façon accidentelle. Un Raptor qui tentait juste de s'intégrer avait par erreur retiré son casque. La protection de Rowe glissa donc et Aarni Lankinen entra dans la mêlée. Peut-être que je me concentrais sur ce salaud parce que je connaissais particulièrement ses manières violentes et sa haine de notre champion. Bryan m'avait chuchoté des choses, la nuit. Des choses qui m'avaient poussé à consulter les annonces *À vendre* dans le journal pour trouver un camion-benne. Je hurlai à Tennant de faire attention. Comme s'il pouvait m'entendre par-dessus la voix de dix-huit mille fans enragés voulant voir du sang.

On dit qu'il faut faire attention à ce qu'on demande. Quand Lankinen arriva au niveau de Rowe, il claqua une main sur son épaule et le tira en arrière en lui faisant un croche-pied. Rowe tomba dans la horde de joueurs en train de donner des coups et son crâne heurta bruyamment la glace. Il resta allongé là. Sans bouger. Sa tête baignait dans une mare de sang grandissante, tandis que des patins glissaient autour de lui.

La patinoire devint silencieuse. L'entraîneur des Railers courut jusqu'aux panneaux de protection et poussa les autres qui regardaient maintenant Rowe, inconscient sur la glace. Je restai là, en haut dans les gradins, paralysé par la peur. Il y avait tellement de sang. Et Rowe ne bougeait même pas le bout du doigt… Bryan, béni soit son cœur tendre et doux, se précipita hors de son filet et se jeta sur le dos d'Aarni, plaquant le visage de son ex contre la glace et lui cognant la tête.

Personne ne s'exclama. Pas une seule personne dans la patinoire bondée ne prononça un mot. Je poussai les fans inquiets, le cœur au bord des lèvres, et dévalai les escaliers. Je devais rejoindre la zone des joueurs et Bryan. Bien sûr, je ne pourrais pas entrer dans les vestiaires. Merde. Je tournai les talons et regardai fixement la scène sur l'écran géant. Les joueurs étaient maintenant de retour sur leur banc et une civière était amenée jusqu'à Rowe, qui ne bougeait pas. Aarni était escorté hors de la glace. Les arbitres et juges de touche se réunirent en un petit groupe près du tableau affichant le chronomètre, discutant des pénalités qui seraient données. Toutefois, le temps sur le banc de la prison n'était pas important.

Notre joueur star était sérieusement blessé. Cela prit une éternité pour sécuriser Tennant avec un collier cervical et l'allonger sur la civière. J'avais essayé de repérer Jared, de là où j'étais assis, mais il n'était pas sur le banc. Lorsque les ambulanciers firent passer Ten par les portes utilisées par la surfaceuse, je vis Madsen, attendant son homme et lui prenant la main alors qu'on le poussait hors de la patinoire. Je n'avais jamais vu un coach quitter un match auparavant, mais après tout, Tennant et Jared n'étaient pas engagés dans une relation typique coach/joueur. Mon Dieu, Jared devait être dans un sale état.

Quinze minutes peut-être s'écoulèrent dans un silence de mort. Le reste du match se déroula dans un brouillard, avec une défaite écœurante pour les Railers que personne ne leur reprocherait. Comment une équipe pouvait-elle recommencer à jouer à pleine puissance quand l'un de leurs plus vieux amis était sérieusement blessé ?

Ce fut une attente longue et tendue pour Bryan. Stan et lui partirent ensemble, la tête baissée, faisant un signe de la main aux fans qui espéraient un autographe. Erik suivait Stan, regardant par terre, et le reste de l'équipe sortit au compte-gouttes, aucun ne s'arrêtant pour les fans, ce soir.

— Salut, dis-je quand Bryan s'éloigna de Stan.

Le grand Russe m'enlaça rapidement, puis partit vers la voiture avec son amant.

— Des nouvelles ?

— Ils disent que c'est mauvais.

— Merde.

Je voulais l'enlacer, mais je n'étais pas sûr que nous pouvions nous dévoiler fièrement aux yeux de tous. Lorsqu'il m'attrapa et me serra contre son torse, je l'étreignis en retour. Personne ne s'imaginerait quoi que ce soit, ce soir. Chaque joueur quittant la patinoire avait le regard vide sous le coup du chagrin et de l'inquiétude.

— Il a fait ça à Tennant à cause de moi, s'exclama Bryan.

Son visage était toujours caché contre mon cou.

— Non, chéri, non. Il a fait ça parce qu'il est un horrible être humain et une sale fouine.

Je lui caressai le dos, le tapotai et le frottai alors qu'il luttait contre les larmes.

— Tu veux aller à l'hôpital ?

— Oui, s'il te plaît. Si ça ne te dérange pas ?

Pourquoi posait-il cette question ?

— Évidemment que non.

— Pardon, ouais, je veux y aller. Tu n'es pas obligé de venir. Tu peux rentrer chez toi et je t'appellerai quand j'aurai des nouvelles.

Il s'éloigna.

— J'ai juste besoin d'être avec mon équipe, là.

Je voyais qu'il commençait à se refermer sur lui-même. Était-ce à cause du choc ? Ou était-ce plus personnel ? Il s'était éloigné et ne voulait pas me regarder dans les yeux. Il s'excusait de ne pas être avec moi et je voyais la peur dans son expression.

— Je vais venir avec toi, déclarai-je avec grande détermination.

— Je ne serai pas long.

Encore une fois, il ne croisa pas mon regard.

C'est quoi ce délire ?

— J'ai juste pensé que tu aimerais un peu de compagnie. Je pourrais prendre des cafés et tout.

Je fus à court de mots pour expliquer la raison pour laquelle je voulais être avec l'équipe et lui, et comme je pourrais être utile. Peut-être que c'était dans mon ton ou dans les mots mêmes, mais quelque chose devait l'avoir atteint.

— Vraiment ? demanda-t-il avant de me regarder enfin.

Dieter passa à côté de nous.

— J'ai de la place pour deux à l'arrière, annonça-t-il.

Je me rendis compte que nous n'étions pas tout seuls. Nous étions au milieu de joueurs qui voulaient tous avoir des nouvelles de Ten, qui voulaient tous être à l'hôpital. Soudain, j'hésitai. Peut-être que ce n'était pas ma place.

— Mais je peux rester ici si tu penses que je vais gêner.

L'homme que j'aimais redressa les épaules, réagissant à l'hésitation de mon ton, et devint la personne confiante que je savais qu'il était.

— Je *veux* que tu sois là.

— Allons-y.

Il déposa un baiser sur ma joue froide, puis nous suivîmes la procession de joueurs et de staff qui se dirigeait vers le Harrisburg University Hospital, qui n'était *pas* l'établissement officiel des Railers. Nous partions là-bas puisqu'ils avaient une unité de traumatologie incroyable.

Je conduisis pendant que Bryan chuchotait de petites prières.

Chapter Onze

BRYAN

QUELQUE CHOSE ÉTAIT ARRIVÉ À LA PATINOIRE. UNE culpabilité familière m'avait consumé et je ne voulais pas repousser Gatlin, je n'avais pas eu envie qu'il soit furieux contre moi et je m'étais simplement senti vulnérable et à vif. Qu'il exprime son inquiétude quant au fait de déranger avait été suffisant pour me faire rétropédaler et, mon Dieu, j'en avais eu besoin. Il n'était pas Aarni. C'était un homme avec un grand cœur qui voyait que j'étais en détresse.

Je savais que j'étais en état de choc. Quand j'avais vu Aarni s'en prendre à Ten, je n'avais pas pu bouger assez vite. J'avais essayé de toucher Ten, j'avais voulu l'aider.

J'ai tellement essayé.

Mais il était trop tard. Il était allongé, immobile, du sang s'accumulant sous sa tête. Je m'étais jeté sur Aarni, je lui avais donné des coups de pied et des coups de poing, tirant son corps hors de la mêlée pour le mettre à l'écart sur la glace.

J'avais vu quelque chose dans son regard en lui

arrachant son casque, le délice au début, puis la peur que je lui fasse mal. Il avait tenté de me pousser, me traitant de salaud, me disant que j'étais inutile, mais bordel, je l'avais fait saigner. Je ne savais pas qui m'avait éloigné au début. J'avais essayé de me débattre également, mais la voix de Stan m'avait enfin poussé à m'arrêter. Il s'était agrippé à mes mains et m'avait détourné d'Aarni et de Ten.

— *Dostatochno*, avait-il répété encore et encore.

Il m'avait regardé droit dans les yeux, son regard illuminé par l'émotion, et il m'avait serré dans ses bras jusqu'à ce que je me détende finalement.

— *My ub'yem yego pozzhe*, avait-il ajouté.

Je ne savais pas ce qu'il disait, mais j'avais cru que cela signifiait qu'Aarni allait payer pour ce qu'il avait fait.

Et maintenant, j'étais dans cette voiture, à prier que Ten aille bien, incapable de comprendre comment quelque chose de si stupide avait pu se terminer à l'hôpital. Le hockey était un sport dangereux et il y avait souvent des bagarres et des rixes. Des mecs finissaient avec des lèvres fendues ou des articulations pleines de bleus, mais ils s'en sortaient en souriant.

Pourquoi tout cela avait-il mal tourné avec Ten ?

Nous vîmes l'hôpital et je me tendis immédiatement en remarquant la presse qui s'était amassée autour des grilles. C'était une grande nouvelle pour toute la ville, notre joueur superstar avait saigné sur la glace immaculée et la scène se rejouait sur chaque téléphone et chaque écran de télévision, à mon avis.

Un homme que je ne reconnus pas, portant un maillot des Railers, nous fit signe d'aller à la gauche du bâtiment et je vis la voiture élégante d'Adler devant nous. Nous étions conduits sur un parking séparé et privé, tout comme d'autres voitures des Railers.

— Tenez, dit Layton Foxx dès que nous sortîmes. Vous aurez besoin de ça. Restez où l'on vous emmène. Ne parlez pas à la presse et ne publiez rien sur les réseaux sociaux, s'il vous plaît. Portez tout le temps les pass et si vous avez des questions…

Sa voix se brisa et je vis l'émotion brute dans son regard. C'était un homme censé gérer la situation, mais il était surtout l'ami de Ten. Nous l'étions tous. Je voulais dire quelque chose à Layton pour arranger ce moment, mais je ne voulais pas qu'il ait l'air brisé et vulnérable. Je ne trouvai rien qui pourrait l'apaiser, pas quand je ressentais la même terreur que lui.

— C'est bon, offrit Gatlin.

Il prit les deux pass et en mit un autour de mon cou.

— Je m'en charge.

Layton acquiesça pour nous remercier, ses articulations toutes blanches où elles s'agrippaient aux dernières cartes d'accès.

— Je ne sais pas… bredouilla-t-il en secouant la tête. Merde.

Gatlin le gratifia d'une brève étreinte.

— Qu'est-ce que je peux faire pour aider ? Laisse-moi m'en occuper.

Il lui prit doucement les pass des mains et nous poussa ensuite tous les deux, Layton et moi, vers la porte du parking.

— Je vais veiller.

— Seule l'équipe entre, lui intima Layton.

Il était évidemment déchiré quant à ce qu'il devait

faire. Il avait la responsabilité des Railers, mais c'était *Ten* qui était blessé.

— Les proches, ajouta-t-il.

— D'accord, oui, je suppose que quelqu'un a prévenu sa famille. Ses frères ?

— Brady est en route. Jamie est coincé en Floride, mais il sera là dans quelques heures.

— Et ses parents ?

— Ils sont aussi en chemin. Un chauffeur viendra les chercher à l'aéroport. Si quelqu'un veut entrer et tu ne sais pas qui c'est, appelle-moi, d'accord ?

— Je le ferai.

La peur s'enroula en moi à cause de cette séance de questions-réponses. Gatlin était si calme, mais parler de parents et de frères rendait cela si réel. Layton posa les yeux sur moi, puis entra dans l'hôpital et disparut hors de ma vue.

— Je reste ici, Bryan, d'accord ?

— Ouais.

Je fermai brièvement les yeux et jurai à cause de mes souvenirs de la soirée. Ce pourrait être la fin pour Ten. Terminé. Il avait un avenir si brillant devant lui et, à cause de moi, il avait été blessé. *J'ai tellement froid. Pourquoi ai-je si froid ?*

Gatlin prit mon visage en coupe.

— Je reste ici comme représentant de l'équipe, déclara-t-il.

Il bougea ensuite légèrement ses pouces sur mes pommettes jusqu'à ce que je sois conscient et concentré.

— Ça te va ?

— Quoi ?

— Je ne peux aider que comme ça.

— Merci. Je crois que Layton avait besoin d'entrer. Son équipe est…

Foutue ? Détruite ? Ten est le cœur de l'équipe. Nous sommes finis. Ten est fini…

— Arrête, Bryan, me réprimanda fermement Gatlin. C'est aussi la tienne. Donc peu importe ce que tu penses. Arrête. Tu dois y aller et partager cela avec ta famille du hockey, et dès que je le peux, je te rejoins.

La peur en moi se mua, devenant une panique que je ne pouvais pas freiner.

— Je ne peux pas.

— Respire, m'intima Gatlin. Inspire. Expire.

Je me concentrai sur sa voix et, curieusement, miraculeusement, la panique diminua. Je tendis le bras et m'agrippai à ses mains.

— Je t'aime, déclarai-je parce que cela devait être dit à ce moment.

— Moi aussi, je t'aime, répondit-il.

Il me sourit, puis me poussa lentement vers la porte. Une voiture entrait au niveau de la barrière.

— Il va falloir que je me mette au boulot, expliqua-t-il.

Avec un clin d'œil, il avança pour donner des pass de sécurité.

Lorsque j'entrai, un employé m'amena dans une pièce privée. La plaque sur la porte annonçait *salle des opérations*. J'imaginais que c'était un endroit utilisé uniquement en cas d'urgence, le seul pouvant contenir une équipe de joueurs de hockey attendant des nouvelles en privé. Je le remerciai, entrai et restai debout, hésitant, ne sachant pas où m'asseoir et où attendre. Devrais-je aller voir Stan, puisque c'était un autre gardien ? Étais-je assez bien pour me joindre aux attaquants ? Avais-je des amis, ici, qui avaient besoin de moi ?

Je vis ensuite ce à côté de quoi j'étais passé. Il n'y avait pas de groupe, ici. Ils se soutenaient tous, que ce soit moi ou les autres. Il y avait un cercle d'hommes discutant doucement. Personne n'était en colère, personne ne hurlait. Le cercle s'élargit légèrement et Dieter me fit signe de venir. Je fis donc un pas en avant et quelques gars acquiescèrent dans ma direction.

Ils ne montreraient aucune compassion s'ils savaient que c'était ma faute. J'aurais dû dire à Ten qu'il était sur la liste des cons d'Aarni. J'aurais dû dire quelque chose à Jared...

— Sacrée façon de défoncer ce connard, dit Erik en me mettant une claque sur l'épaule. Stan a dit que tu étais collé à lui comme de la super glue et que tu l'avais fait saigner.

Je souris à Erik, comme si cela allait l'empêcher ou n'importe qui d'autre de parler, mais non, j'étais le putain de héros du moment, juste parce que j'avais voulu tuer l'homme qui m'avait rendu si fragile et en manque d'affection.

Lorsqu'un cinquième joueur me dit la même chose, je craquai et ce ne fut pas beau à voir.

— C'est ma faute s'il s'en est pris à Ten. Il l'a menacé quand Ten l'a éloigné de moi, et maintenant, notre coéquipier est peut-être en train de mourir, alors arrêtez de me féliciter d'avoir totalement merdé !

Mes mots furent balancés vivement et ils étaient douloureux. Pendant une seconde, tout le monde me fixa et certains avaient la bouche ouverte.

— Quoi ? demanda enfin quelqu'un.

Je ne savais pas de qui il s'agissait, je n'entendais pas bien, mais je me préparai à être furieux.

Connor bougea en premier, ferma la porte et s'appuya dessus.

— Recommence depuis le début, Bryan.

Je croisai les bras sur mon torse et inclinai le menton pour au moins montrer que j'étais solide.

— C'est ma faute, répétai-je.

Connor leva une main.

— Ten a dû t'aider à te débarrasser d'Aarni ? insista-t-il.

J'étais à court de mots.

— Je me suis laissé entraîner dans une situation stupide, dis-je en admettant mon rôle. Si je n'étais pas allé sur le toit, il n'aurait pas eu l'occasion de m'agresser et d'essayer de… vous voyez.

— Attends, Aarni voulait te faire du mal ? demanda Connor.

C'était comme si je n'avais pas déjà tout expliqué une première fois.

— Ça n'a pas d'importance. C'est ma faute…

— Ça suffit, cracha Connor.

Je grimaçai et attendis un coup de poing.

Stan poussa les autres et vint se placer en face de moi, bloquant ma vue.

— Tu cries pas sur petit B.

Avec sa grande posture, il me protégeait.

Moi ?

— Je ne criais pas sur Bryan, annonça Connor.

Il semblait bien plus proche de la porte, comme s'il était juste devant Stan.

— Espèce de grand idiot russe, dégage de mon chemin, ajouta le capitaine.

Il souffla ensuite et poussa le gardien sur le côté. Celui-ci bougea légèrement, mais pas totalement et il eut un air sauvage quand je vis son expression. Une chaleur s'étira dans mon torse, mais disparut quand je remarquai à quel point Connor était près de moi. Brusquement face à face avec le capitaine des Railers, je ne sus plus quoi dire. Visiblement, je n'eus pas besoin de dire quoi que ce soit, Connor avait tous les mots.

— Tu ne mérites aucune des conneries qu'Aarni t'a fait subir. Si n'importe lequel d'entre nous l'avait vu te faire du mal, on t'aurait défendu et on serait resté à tes côtés si tu avais eu besoin de nous. Ça n'a rien à voir avec toi et tout avec Ten. Ce que je vois ici, c'est de la préméditation de la part d'Aarni de blesser notre joueur, c'est une menace qu'il a mise à exécution, donc j'ai besoin de savoir ce qu'il a dit exactement. À toi et à Ten.

— Ici ? demandai-je en jetant un coup d'œil aux Railers.

Ils semblaient tous autant en colère que Connor.

Il fut soudain embarrassé.

— Merde, non, bien sûr que non. On peut aller dans un endroit calme.

C'était le moment. La situation pouvait prendre deux directions à partir de maintenant : soit je ne racontais pas mon histoire et personne n'en saurait rien, soit je pouvais vider mon sac.

J'ignorai comment je réussis à arrêter de parler une fois que j'eus commencé. J'avais tellement de choses à dire et cela se déversa jusqu'à ce qu'il ne reste plus rien. Lorsque j'en eus terminé, j'entendis un bruit à la porte. Gatlin se tenait là avec une expression compréhensive. Nous nous fixâmes un long moment, puis il s'éclaircit la gorge, ce qui poussa tout le monde à le regarder.

— Pardon de vous interrompre, les gars, mais Brady sera là dans dix minutes.

Boston jouait contre Pittsburgh, à moins de quatre heures en voiture, mais cela ne faisait pas aussi longtemps, n'est-ce pas ? Peut-être qu'ils l'avaient laissé utiliser le jet. Enfin, quelle était la gravité de la blessure ?

Brusquement, la pièce devint silencieuse et respectueuse. Brady allait rencontrer le groupe d'hommes qui avait été incapable de protéger son petit frère d'une blessure. Il serait dévasté et furieux.

Nous repartîmes vers les chaises groupées dans la pièce, et je finis par m'asseoir avec Stan et Erik.

— Qu'est-ce que tu m'as dit, sur la glace ? demandai-je après un moment de contemplation silencieuse.

Stan leva les yeux vers moi, impassible.

— Quand je frappais Aarni, expliquai-je.

Il se raidit en entendant le nom et Erik posa une main sur son genou. Je n'étais pas vraiment sûr que ce fut suffisant puisqu'il y eut un éclat de colère dans son regard.

— On tuera plus tard, annonça-t-il en entrelaçant ses doigts avec ceux de son amant. Aarni, il est mort après aujourd'hui.

J'étais certain que Stan parlait de façon rhétorique, mais qui pouvait le savoir avec ce grand Russe mauvais ?

— Stan a essayé d'entrer dans le vestiaire des Raptors, annonça Adler derrière moi.

— Je tue, rétorqua celui-ci.

Impossible de l'en dissuader.

Était-ce mauvais d'admettre que les mots que prononçait mon coéquipier, d'une voix basse, rauque et certainement déterminée, me faisaient penser qu'Aarni allait payer d'une façon ou d'une autre pour ce qu'il avait fait à Ten ? Nous ne savions rien de ce qui était arrivé à notre adversaire, pas une fois qu'il avait été viré de la glace.

— Connor s'est dressé sur son chemin, telle une barrière humaine capitaine contre la mauvaise humeur de Stan.

Adler me donna un coup de coude.

— C'est un homme courageux. Je ne m'interposerais jamais entre Stan et quelqu'un qui a fait du mal à l'un de ses êtres chers.

La porte s'ouvrit et le coach Benning entra dans notre zone privée. Tout le monde bondit et il leva une main pour faire taire toutes les questions.

— Il est installé confortablement.

Ce fut tout ce qu'il dit.

Chacun d'entre nous avait la même question. Quel genre de résumé merdique était-ce ? Ten était-il méchamment blessé ? Était-il en train de mourir ? Allait-il rejouer au hockey un jour ?

Nous n'eûmes pas la chance de dire quoi que ce soit ou de poser une seule question quand Gatlin revint à la porte, avec Brady Rowe. L'aîné des frères Rowe était le capitaine de Boston. Il avait vu tellement de choses dans sa carrière, comme les autres joueurs d'une trentaine d'années. Il était calme, mais la douleur et la peur dans son regard me donnaient mal à la tête.

Ils le firent entrer et nous nous assîmes tous à nouveau.

Jamie arriverait dans quelques heures, puis leurs parents seraient là. Nous restâmes assis à attendre et à prier. Nous avions un match dans deux jours, à domicile. Contre l'équipe de Buffalo, mais la seule chose à laquelle je pensais, c'était le sang de Ten, mêlé à la glace, comme aucun joueur de hockey ne souhaiterait le voir dans sa carrière.

NOUS RESTÂMES LÀ une grande partie de la nuit. Jamie arriva et se précipita à nos côtés. Un peu plus tard, les parents de Ten nous rejoignirent. Sa mère avait les yeux rouges, mais elle était stoïque et son père était pâle. Seulement, quand ils entrèrent, Jared arriva.

Nous ne l'avions pas vu pendant toutes les heures que nous avions passées à l'hôpital et j'imaginais qu'il était resté aux côtés de Ten aussi longtemps que possible. Stan et Connor le cachèrent immédiatement au reste des joueurs. Lorsqu'ils s'éloignèrent, le coach but une longue gorgée de sa bouteille d'eau et après quelques instants, il commença à tout nous expliquer de façon hésitante.

— Il est réveillé, parfois. C'est bon signe. Il a une fracture crânienne, puisqu'il est tombé dans un mauvais angle. Il… hmmm…

Jared déglutit et s'éclaircit la gorge.

— Il ne peut pas parler et ne peut pas bouger son bras gauche, il a une contusion…

Il se tapota la tête.

— … du sang dans le cerveau, et un patin l'a touché là.

Cette fois-ci, il glissa un doigt de son oreille jusqu'à sa gorge.

— C'est ce qui a causé l'écoulement de cette quantité de sang, selon les médecins… ce n'est pas passé loin…

Sa voix se brisa et pendant une seconde, il se pencha, les mains posées sur les genoux, la respiration difficile.

— Tu veux t'asseoir ? s'enquit Connor.

Il appuya une main sur son épaule.

— Non… Il faut que j'y retourne. Je voulais juste… C'était important de vous le dire, à tous.

Il prit un moment pour calmer son souffle erratique.

— C'est passé à un millimètre près de la carotide externe. À un poil, ça aurait été différent. On ne peut rien faire d'autre qu'attendre. Vous pouvez tous rentrer chez vous. Je vous promets d'appeler quelqu'un qui passera les messages.

Aucun de nous ne souhaitait partir. Stan, têtu, resta assis sur sa chaise et il était le seul qui ne ferait pas ce que les coachs et Connor voulaient. Ils disaient que nous devrions tous y aller. Stan ne bougeait pas d'un millimètre, même si Erik dut rentrer pour Noah. Je restai donc assis avec lui et aucun câlin ni aucun ordre ne put faire bouger les deux gardiens bizarres.

Non, monsieur, hors de question. J'étais le remplaçant de Stan et ma place était là.

Si cela signifiait que les Buffalo nous mettaient cent buts pendant le prochain match parce que nous étions épuisés, qu'il en soit ainsi.

Bien sûr, tout le monde dans le management, essayant d'être responsable, s'énerva contre nous. Mais nous étions là quand les parents de Ten sortirent avec Jamie et Brady. Nous allâmes leur chercher du café et nous assîmes avec eux jusqu'à ce qu'ils y retournent. Nous étions utiles.

Jared ne sortit pas une seule fois.

— Je déteste ça, marmonna Brady, la dernière fois qu'il sortit de la chambre.

Il mit un coup de pied dans la table non loin, puis dans la porte et, finalement, il récupéra une chaise et la jeta contre le mur. Étrangement, quand il eut balancé sa troisième chaise, Stan intervint, agrippant ses bras et laissant l'aîné Rowe pleurer.

Lorsqu'ils se séparèrent, nous ne prononçâmes pas un mot. Nous emporterions ce simple moment avec nous dans notre tombe. Les joueurs de hockey ne pleuraient pas. Ils se blessaient et se relevaient. S'il y avait du sang sur la glace, ils l'essuyaient et continuaient.

Nous ne dirions jamais à quiconque que Brady Rowe, capitaine d'une équipe de hockey, avait pleuré dans les bras de Stan ou que ce dernier s'était joint au chagrin pour son meilleur ami.

Ni que je les avais regardés et pleuré avec eux.

NOUS VÎMES Ten un peu après neuf heures du matin. Jared devait s'entretenir avec le management et il voulait que Stan ait la chance de le voir. Je ne m'attendais pas à pouvoir entrer, moi aussi, mais le gardien tira sur mon bras et ne voulut pas me laisser seul. Il me parlait en russe et refusait de me relâcher.

Entrant dans la chambre de Ten, je ne savais pas ce que j'allais voir. Des câbles, des tubes, sa bouche couverte par une protection sûrement, au moins une combinaison de toutes les horreurs que j'avais vues à la télévision. Mais il était en fait paisible et semblait simplement dormir.

Stan me donna un coup de hanche pour que je me rapproche du lit et nous fûmes finalement à côté de Ten.

Comme s'il savait que nous étions là, il ouvrit les yeux et il y eut de la reconnaissance dans ses profondeurs vertes. Il y avait des bandages sur sa gorge et les médecins avaient rasé une partie de ses cheveux. Bordel, il était pâle, mais l'essence de Ten était toujours là, concentrée.

Stan tapota le torse de Ten.

— Ça va, je tue Lankinen.

Ten écarquilla les yeux et je poussai Stan.

— On ne va tuer personne.

Lorsque mon collègue gardien devint silencieux, je ne sus quoi dire. Une partie gênante de moi voulait combler ce manque de bruit.

— Je suis désolé qu'il t'ait fait du mal. Tout était ma faute.

Au début, Ten sembla frustré par son incapacité à parler. Il leva ensuite la main et s'agrippa à la mienne, avant de la tenir vigoureusement et de froncer les sourcils. Il secoua légèrement la tête et grimaça. Je serrai sa main, puis me dégageai de sa poigne ferme de hockeyeur. Son autre bras, inutile, était posé sur le lit et je me souvins de ce que Jared avait dit sur le fait que Ten ne pouvait le bouger.

Le coach revint dans la pièce et nous sortîmes en silence, mais alors que je le voyais déposer un doux baiser sur son front, une terreur familière me frappa. Et si Ten était fini ? Et si l'homme qu'on qualifiait de futur membre du Hall of Fame, de champion, était foutu ? Comment pourrait-il vivre le reste de son existence sans hockey ?

La vie était si courte, alors pourquoi la gâchais-je en étant si effrayé de moi-même et du monde qui m'entourait ? J'étais un joueur de hockey, un dur à cuir, et ma vie jusqu'à maintenant avait été un mélange d'insécurité et de situations stupides.

Je vais faire ressortir mon héros intérieur et je vais être le meilleur homme possible.

Enfin, tout d'abord, je devais vraiment trouver Gatlin. Parce que je voulais être avec lui quand ce serait à mon tour de pleurer.

Chapter Douze

Tant de larmes…

Ces derniers jours avaient été comme vivre dans le jeu *Silent Hill*. Nos vies étaient devenues grises et brumeuses, emplies de démons qui bondissaient hors de notre vue, traînant d'immenses épées par terre, le bruit s'approchant de plus en plus, la mort se trouvait à chaque coin obscur. Je m'étais réveillé plusieurs fois de ce cauchemar en particulier, généralement en plein milieu de la nuit. Je voyais alors Bryan en train de tourner dans le lit, et parfois, il n'était même plus là. Cette fois-ci, les horreurs me réveillèrent à cinq heures et mon homme était à mes côtés, dormant paisiblement.

Je roulai et le touchai, son visage, son oreille, son sourcil. Gêné dans son sommeil, Bryan plissa le nez, donc j'arrêtai et laissai ma main glisser sur son torse et son ventre. Ma paume était posée sur son nombril, son odeur était partout sur moi et sur le lit. Je regardai sa poitrine s'élevant et retombant.

— Nous avons un match, ce soir, murmura Bryan d'une voix groggy.

Je levai les yeux vers son visage. Ses paupières étaient lourdes et ses cheveux aplatis d'un côté de sa tête.

— Je n'arrive même pas à penser au hockey, là.

Je me penchai pour déposer un baiser sur son épaule, juste à côté d'une petite tache de naissance. Il bougea légèrement et la petite ondulation des muscles me rappela un serpent, le mouvement débutant dans son cou et roulant vers le bas, faisant muer son corps de façon sinueuse.

— Bryan… dis-je.

Le sentir bouger contre moi provoquait un désir qui n'avait pas sa place dans une humeur telle que celle dans laquelle nous étions coincés.

— Rien n'est juste, déclara-t-il.

Il enroula ses doigts autour de mon poignet et guida ma main jusqu'à son sexe, les draps doux et frais effleurant le dos de ma main.

— Rien n'est bon, en ce moment. L'équipe est perdue, Jared a pris un congé longue durée, le championnat fait une enquête sur Aarni et ça va les conduire à moi. Je vais devoir parler de nous à la ligue… leur dire comment je l'ai laissé…

Il prit une inspiration tremblante, sa main enroulant la mienne autour de sa verge. Mon membre commença à gonfler malgré mon esprit m'intimant d'arrêter.

— Ten est dans un très mauvais état et rien n'est juste. Mais ça ? Toi et moi ? C'est la seule chose bonne et normale que j'ai, actuellement. Tu peux m'aimer juste un peu ? Montre-moi qu'il y a de la lumière et du bon.

— Bien sûr, chuchotai-je.

Je couvris sa bouche avec la mienne alors que nous le caressions lentement. Sa main tomba sur le lit. Je tirai les couvertures pour exposer son corps, puis je le touchai et l'embrassai, prenant une inspiration sifflante quand il en exigeait plus et m'arrêtant quand c'était trop difficile. Ses hanches se cambrèrent à chaque effleurement de mes doigts. Je descendis jusqu'à prendre son érection dans ma bouche. Bryan grogna, ses doigts arrachant le drap-housse du matelas si rapidement que l'élastique claqua. En le stimulant, je me retrouvai à ignorer la terreur quant à la blessure de notre ami. Avec ses testicules sur ma langue et ma main le caressant, nous laissâmes l'obscurité derrière nous, juste un moment. Je suçotai ses attributs, les yeux fermés par le plaisir, puis je traçai un chemin mouillé en retournant vers son sexe. Il décolla les fesses du lit.

— Gatlin… suce fort. Fais-moi jouir. Fais-moi jouir.

Cette supplication chuchotée faillit causer ma perte. Je libérai ma main de son érection, puis le pris au plus profond de ma gorge, ma main libre saisissant ses boules mouillées, tirant et les faisant rouler tandis qu'il se tortillait et hurlait. Il jouit avec un brusque coup de reins qui me mit les larmes aux yeux. Une semence chaude éclaboussa ma gorge. Avalant rapidement, bougeant ma main sur ma propre verge, je le suçai encore plus fort et plus vite, obtenant un hurlement de pur bonheur de la part de mon homme qui déclencha mon propre orgasme. J'éjaculai sur sa cuisse, son membre glissant dans ma bouche, laissant un léger filet de sperme sur ma lèvre inférieure. Me cabrant comme un cheval sauvage, je m'empoignai encore plus fermement et chaque frisson fut intense.

— Ah, merde, toussai-je.

Ma paume glissa sur l'extrémité de mon sexe, faisant reprendre les tremblements.

— Merci, l'entendis-je dire.

Il attira ma tête vers lui, sa poigne ferme sur ma mâchoire, et il me guida jusqu'à sa bouche. Il me poussa à m'allonger sur le dos, ses longues jambes s'emmêlant avec les miennes, ses hanches collées à moi, sa langue s'enfonçant profondément. Lorsque le baiser s'acheva, il se releva, ses deux bras bloqués et ses mains de chaque côté de ma tête.

— Merci pour ce petit aperçu de la normalité.

— Pas besoin de me remercier.

Je tendis la main pour prendre son visage en coupe.

— Je veux t'offrir tout le bien qu'un homme peut donner à un autre. Chaque fois que tu en as besoin.

— Je t'aime.

— Moi aussi, je t'aime. Maintenant, va te doucher et jouer au hockey. Tennant ne voudrait pas que son équipe abandonne simplement parce qu'il sera sur le banc de touche pendant un moment.

Nous savions tous que Ten ne serait pas indisponible *pendant un moment*. Nous comprenions tous que Tennant Rowe avait un long chemin difficile devant lui. Mais c'était un battant.

Bryan cligna des yeux à plusieurs reprises, me vola un autre baiser et quitta ensuite notre lit, son corps rougi à cause de nos ébats. Alors qu'il s'éloignait vers la douche et se préparait pour l'entraînement du matin, mon regard se posa sur le tatouage en bas de son dos. Il n'y avait rien d'horrible, seulement de l'art, de la beauté, de la couleur et de la lumière. Je bondis du lit, comme un homme de mon âge le pouvait, et attrapai mon carnet à croquis ainsi que mes crayons de couleur dans la commode. J'appelai ensuite plusieurs personnes jusqu'à être mis en contact avec Brady Rowe.

QUAND BRYAN S'EN ALLA, je partis aussi. Mon premier rendez-vous n'était pas avant quatorze heures, ce qui était l'avantage quand on possédait sa propre boutique, donc je conduisis jusqu'à l'hôpital, mon sac à dos rempli de crayons, de stylos et d'un nouveau carnet bourré d'idées. Je ne savais absolument pas si je pouvais voir Tennant, mais je devais essayer. Si sa famille me laissait entrer et s'il ne pouvait pas encore parler, j'avais même apporté la cloche du comptoir. Il pouvait sonner une fois pour oui et deux fois pour non. Si ça ne fonctionnait pas, j'allais juste écrire des lettres sur un papier et réciter l'alphabet. Il pourrait sonner sur la bonne lettre jusqu'à ce que nous épelions quelque chose. Hé, ça marchait pour *Breaking Bad*, donc ça pouvait aussi être le cas pour nous.

Mes plans rencontrèrent un petit pépin quand je tombai sur un vigile devant la porte de Tennant. C'était nouveau. Un salaud de blogueur sportif ou un fan avait probablement essayé d'entrer, de lui parler ou de prendre une photo de Ten dans son lit d'hôpital. Rien ne me surprendrait. Quand je m'approchai de l'homme en costume sombre, je m'arrêtai à quelques pas de lui, juste au cas où il aurait un taser. Je n'étais pas vraiment la personne avec l'allure la plus fiable, avec ma barbe, mon jean déchiré, mes baskets défoncés et mon t-shirt *Sons of Anarchy – Redwood Original* sous une veste en jean peinte à la main Led Zeppelin. Le tatouage ressortant sous ma manche et le col de mon t-shirt ajoutait probablement à mon look élégant.

Il se leva de sa chaise pliante et me regarda de haut. Il parla ensuite. Peu importait ce qu'il disait, ce n'était pas de l'anglais. Je soupçonnais que c'était du russe. L'homme faisait la taille d'un éléphant et sa tête chauve scintillait sous les lumières fluorescentes. J'avais entendu Stan mentionner qu'il « connaissait des gens », mais je n'aurais jamais soupçonné qu'il « connaissait des gens » qui préféreraient vous arracher la rate avec un couteau à beurre plutôt que de vous regarder.

— Bla, bla, bla, bla, bla, dégagez maintenant.

Je remontai la bretelle de mon sac à dos sur mon épaule, prêt à m'engager dans une guerre verbale quand quelqu'un appela mon nom derrière moi. Je jetai un coup d'œil et vis Ryker, le fis de Jared, qui avançait vers nous avec un plateau surplomblé de grandes tasses de café.

— Il est cool. On le connaît.

Ryker, qui apparemment avait déjà rencontré à de multiples reprises monsieur Pachyderme Furieux, dit à cet personne / vigile / humain terrifiant que je pouvais passer.

— *Da*.

L'homme se rassit et recommença à fixer des trous dans le mur.

— C'est quelqu'un que Stan connaît. On a abandonné l'idée de lui demander comment, m'informa Ryker.

Il donna un coup de hanche pour ouvrir la porte.

Je me précipitai derrière lui et ouvris la seconde, donnant sur la chambre privée.

— Merci.

Ouais, le gamin était épuisé. On le voyait à son ton las et aux cernes sous ses yeux.

— Papa, Ten, regardez qui Igor intimidait.

Je me glissai derrière Ryker, sentant que ma présence était horriblement déplacée. Le coach s'était installé aux côtés de son amant, dans une affreuse chaise orange, son visage arborait une barbe épaisse et ses yeux étaient aussi fatigués que ceux de son fils. Ten était toujours une masse de tubes et de câbles, mais ses yeux, brillants et verts, étaient alertes.

— Yo, croassa-t-il après un moment.

Le sourire de Jared fut brillant.

— Salut, tu parles. C'est génial ! Je n'aurais probablement pas dû venir, mais j'ai eu une idée…

— Ne sois pas bête. Viens t'asseoir ici.

Jared se leva lentement, grognant alors que son dos craquait à plusieurs reprises.

— Il faut que je marche un petit peu.

Il déposa un tendre baiser sur le front de Tennant. Ryker tendit ensuite une tasse de café à son père avant qu'il parte. J'étais au bord du lit, les murs blancs et les draps qui m'entouraient étant trop étincelants.

— Seules deux personnes peuvent rester ici en même temps, m'informa le jeune homme.

Il s'effondra dans une autre chaise, tout aussi moche, dans un coin. La fenêtre était ouverte, les stores laissant filtrer des rais de lumière sur l'homme allongé au milieu de toute cette technologie et de ces draps immaculés.

— Merde, je ne m'en étais pas rendu compte. Je devrais y aller pour que Jared prenne ma place.

— Non, vraiment, c'est cool. Il a besoin de se lever pour bouger, déclara Ryker.

Il bâilla ensuite dans son gobelet de café.

— Cool, ajouta Tennant à la conversation.

Je regardai tour à tour Ryker et Ten.

— Content… de… te… voir.

— Je suis content de te voir aussi. Écoute, je, euh, ne vais pas te prendre beaucoup de temps. Je suis sûr que tes parents et tes frères vont rapidement revenir.

Il acquiesça, puis grimaça. Ryker se redressa vivement en le voyant, puis il se détendit sur son siège quand la douleur diminua sur le jeune visage du champion.

— Maman… cookies.

Cela me fit sourire. Je me souvenais des cookies de ma mère et comme quand j'étais enfant et que j'avais besoin de réconfort, ils m'aidaient toujours à me sentir mieux. Parfois, mes parents me manquaient terriblement.

— Alors je serai rapide.

J'enlevai mon sac à dos et fouillai dedans, sortant mon carnet de croquis. Je me rapprochai ensuite de Ten. Les machines auxquelles il était rattaché bipaient régulièrement.

— Je ne suis pas sûr que tu sois au courant, mais Bryan a une horrible cicatrice dans le dos, qu'il s'est faite en traversant une fenêtre.

— Ta… toué.

Je fis un signe de tête vers Ten.

— Oui, on l'a tatoué et on a transformé quelque chose qu'il trouvait moche en une œuvre d'art. Quand tu te sentiras mieux, je pense qu'on peut faire quelque chose pour ton cou.

Je jetai un coup d'œil à la gaze épaisse enroulée autour de sa gorge. Mon esprit fit ressortir les mots de Jared, le soir de la blessure, et je regardai fixement ces bandages stériles et le ruban adhésif. Un millimètre sur le côté et Ten se serait vidé de son sang. Le temps qu'on passait avec ceux qu'on aimait était toujours trop court. La vie n'était qu'une loterie, donc il fallait jouer le jeu, n'est-ce pas ?

— J'ai parlé à ton frère, Brady, qui est plus ou moins l'historien de la famille. Il m'a donné des dates concernant les Rowe depuis la conquête normande en Angleterre. D'après lui, vos ancêtres avaient une résidence à Norfolk, qui était le cadeau d'un duc pour leur allégeance lors de la bataille d'Hastings.

Je marquai une pause pour voir si Ten était déjà fatigué, mais il semblait alerte, donc je poursuivis.

— Brady m'a envoyé une image de blason des Rowe. L'animal central est un lion, qui est symbole de courage, de bravoure, de force, de vaillance, de majesté et de noblesse. Ce ne sont que des attributs que tu as et que tu montreras au monde en te remettant de ta blessure. Donc, si tu es partant, je pensais que nous pourrions tatouer un lion doré sur cette cicatrice. Celui-ci…

Je tournai une page pour lui dévoiler le croquis d'un lion moyenâgeux.

— C'est une proche interprétation de celui qu'il y avait sur le blason de ta famille. Je l'ai dessiné, sur les pattes arrière et brandissant une épée, parce que, voyons les choses en face, un lion qui porte une couronne et qui agite une grosse épée en l'air est carrément cool.

Les deux jeunes hommes grognèrent leur approbation.

— Puisqu'il est debout, il couvrira complètement la cicatrice. Qu'est-ce que tu en penses ?

Les yeux émeraude de Tennant s'enflammèrent.

— Mec, grogna-t-il.

Je n'étais pas sûr de savoir si cela signifiait qu'il était heureux ou qu'il souffrait.

— Tu as besoin de l'infirmière ?

Il secoua prudemment la tête et sourit. Ryker se redressa, son café à la main, et répéta le « mec » de Ten.

— Je peux faire autre chose…

J'essayai de refermer le carnet, mais le jeune champion me grogna dessus.

— Donne… le.

Ses mots étaient lents et inarticulés.

Le fils du coach prit la page et la déchira du carnet.

— Nous serons totalement partant pour qu'il se fasse tatouer dès qu'il le pourra. N'est-ce pas, Ten ?

La réponse mit du temps à venir, mais son « carrément » valait la peine d'attendre.

Je passai devant monsieur et madame Rowe en quittant sa chambre. Effectivement, la mère de Tennant avait une boîte à gâteaux entre les mains. Igor ne tenta pas de m'arrêter quand je sortis, ce qui était plus que troublant. Remettant mon sac plus haut sur mon épaule, après un rapide passage aux toilettes, je retrouvai Jared et Ryker ensemble dans une alcôve, près d'une machine à sodas. Leur conversation flottait dans le couloir figé. Ils avaient dû sortir pour que les parents de Ten puissent passer un peu de temps avec lui.

— … pas en train d'arriver. Je n'arrive pas à l'accepter.

Ryker toussa. Le gamin avait l'air plus que choqué.

— Papa, que va faire Ten sans le hockey ?

— D'abord, personne n'a jamais dit quoi que ce soit quant à ses capacités à rejouer et on ne va pas laisser ce genre de pensées entrer dans notre esprit.

Jared saisit l'arrière du crâne de son fils, affectueusement, mais fermement.

— Ouais, d'accord, c'est vrai. Je sais, pardon. C'est juste que… ça me fait flipper. Je reste assis là, à le regarder… Je dois jouer pour cette équipe quand j'aurai mon diplôme. Papa, je déteste penser que je suis un futur Raptor. Pourquoi c'est cette putain d'équipe qui m'a acheté ? C'est juste… toute cette histoire est tordue. J'étais si enthousiaste à l'idée d'être choisi et maintenant…

— Je sais. On s'en inquiétera plus tard. Pour l'instant, on se concentre sur Ten, d'accord ?

Je baissai la tête et relevai une épaule pour me rendre invisible. Non pas que je devais m'inquiéter d'être vu. Père et fils s'étreignaient et ignoraient totalement le tatoueur qui passait à côté d'eux.

JE CONDUISIS JUSQU'À LA MAISON, impatient d'aller manger un morceau, puis de me mettre au travail.

Mon frère et Jess étaient assis sur le canapé, lorsque j'entrai dans la boutique, et s'adonnaient à ce qui ressemblait à une tea-party. Je haussai un sourcil en les regardant et en apercevant la théière par terre quand j'avançai jusqu'au frigo sous le comptoir afin de trouver quelque chose qui ne pourrissait pas et que je pouvais manger.

— J'ai pris le poulet qui était là-dedans, cria Jess.

Je fermai la porte, me redressai et lui lançai un regard noir face auquel elle me répondit par un sourire narquois.

— Il était sec. Je t'ai rendu service.

— D'accord. Donc qui est qui ? demandai-je en m'appuyant sur le comptoir en verre et en regardant ma nièce et mon frère.

— Jess est évidemment le Chapelier fou.

Elle tapota le chapeau rose sur le sommet de sa tête. Il

était assorti à sa jupe rose et à la chemise noire, également. Garrett jeta un coup d'œil à sa montre.

— Et tu es le Lapin Blanc.

— Dit le lièvre de mars, répondit mon frère en buvant une gorgée de thé.

— Ah.

Je les laissai avec leur thé et leur discussion avant de rejoindre mon poste de travail, mon estomac grondant. Je m'assis à mon bureau. Une envie brutale de cookies au sucre avec du glaçage me submergea. Mon regard parcourut ce que j'avais sur mon ordinateur, les factures et les livres, les croquis et les idées, une tasse de café vide, des crayons et stylos étaient étalés, des vieux mélangés avec des neufs. Mes lunettes étaient à côté de mon écran, ce qui répondait à une question. Et dans un coin, derrière plusieurs exemplaires d'un magazine mensuel pour les tatoueurs, ainsi qu'une boîte de mouchoirs, se trouvait une photo de ma famille.

Je poussai les mouchoirs avant de poser le cliché par-dessus les magazines et de l'étudier. Maman, papa, Garrett adolescent, Gina et moi. Elle n'était qu'un bébé. Elle était assise sur les genoux de maman et nous, les garçons, étions de chaque côté de notre mère, tandis que papa était derrière.

La situation était bonne à l'époque. Avant que Gina meure. À ce moment-là, ils m'aimaient toujours comme leur enfant du milieu. Si j'étais malade comme Tennant, viendraient-ils me voir ? Ma mère préparerait-elle ces cookies avec le glaçage au sucre ? Resteraient-ils à mes côtés ? Me pardonneraient-ils ? Si je le demandais, me pardonneraient-ils d'avoir laissé ma sœur mourir seule ?

J'avais mon téléphone en main. Je ne me rappelais pas

avoir composé des numéros, mais j'avais dû le faire parce que cela sonna et puis… ma mère demanda qui était à l'appareil.

— Maman.

Ce mot fut abrasif et difficile à prononcer. J'avais l'impression d'être comme Tennant, de devoir forcer chacune de mes pensées à sortir sous forme de paroles que j'espérais pouvoir prononcer correctement.

— C'est moi… Gatlin.

— Gatlin.

J'attendis quelque chose, sans vraiment savoir quoi.

— Ça fait si longtemps. Pourquoi as-tu arrêté d'appeler ? On s'inquiétait. Est-ce que ton frère va bien ?

— Ouais, euh, oui, maman. On va bien, tous les deux.

Je tournai sur ma chaise et il était là, dans le cadre de la porte, la mâchoire serrée, sans trahir aucune émotion. Du Garrett typique.

— On va bien. Et papa ?

— Oui, il va bien. Il est dehors, en train de bouiner.

Cela me fit sourire et me mit les larmes aux yeux. Bouiner. Un mot que seule ma mère utilisait pour dire bricoler.

— Maman, si j'étais malade et à l'hôpital, tu m'apporterais des cookies au sucre ?

Garrett fronça intensément les sourcils.

— Ceux avec le glaçage ?

— Oui, ceux-là.

— Bien sûr. Tu es malade ?

— Non, c'est juste que… Je suis désolé pour Gina, maman.

Cela sortit plus ou moins spontanément de ma bouche,

comme des miettes de pain tomberaient de nos lèvres pour rejoindre notre t-shirt.

— Je sais que papa et toi, vous m'en voulez.

Un long silence s'étira à l'autre bout du fil. Je ravalai mes larmes. Mon frère fronça les sourcils dans un V profond.

— Non, Gatlin, nous avions tort de rejeter la faute sur toi. Nous savons que ce n'était pas ta faute.

Elle se mit ensuite à pleurer.

— Vous nous manquez, les garçons, plus que vous ne l'imaginez. Je suis désolée de t'avoir…

Elle s'effondra et je n'avais rien à dire puisque je n'avais pas prévu ça. Je l'avais appelée sur un coup de tête, un coup de folie provoqué par l'adoration que les Rowe portaient à leur fils cadet.

— On lui manque.

Je toussai alors que ma mère se reprenait à l'autre bout du fil.

— Et elle est désolée.

Le visage de Garrett devint pâle. Je ressentais la même chose que lui.

— Eh bien, c'est un début.

Oui. Oui, c'en était un.

Chapter Treize

BRYAN

LE MATCH FUT UN BORDEL. NOUS COMMENÇÂMES AVEC LES meilleures des intentions, mais nous apprîmes la leçon la plus dure de nos carrières ce soir-là. Nous nous reposions trop sur Ten, et puisqu'il n'était pas là, nous étions un bazar peu concentré. L'équipe était trop vulnérable émotionnellement parlant et perdre Ten, c'était comme perdre notre cœur.

Avec une concentration absolue, Stan nous avait guidés, criant « Pour Ten », ce qui avait fait écho dans les vestiaires quand nous les avions quittés. Si les mots étaient forcés, si la volonté était embrouillée par nos inquiétudes, nous ignorâmes le tout.

Nous pouvions le faire, nous pouvions y arriver en équipe et gagner ce soir sans lui. Nous devions boucher les trous, resserrer les rangs et rester réguliers.

Cependant, Stan n'était pas dans le bon état d'esprit. Il cassa sa crosse sur un but à la moitié de la deuxième période, après avoir laissé entrer le palet à quatre reprises.

J'espérais vraiment que le coach ne me mettrait pas dans les filets, et après un débat échauffé avec un Stan déterminé et un score de quatre à zéro, je me disais que pour notre entraîneur, cela n'avait pas d'importance. Ou peut-être que c'était considérable pour lui et il ne m'appela pas pour que je le remplace. À mon avis, le coach comprit que Stan devait exprimer son agressivité et le reste de l'équipe se ressaisit pour avoir enfin les cartes en main et, dans la douleur, nous finîmes sur le même score de quatre à zéro.

Nous n'avions que deux jours de plus pour reprendre nos esprits quant à ce qu'il s'était passé et pour jouer au hockey comme il le fallait, mais j'ignorais comment nous allions y parvenir.

La foule était également morose, elle levait beaucoup de pancartes portant le nom de Ten. Certains fans en pleurs étaient interviewés et affichés sur les réseaux sociaux. Et bien sûr, il y avait un grand absent sur le banc : Jared.

Puis il y eut une manifestation dehors, qui avait commencé bien avant que nous arrivions pour le match. Une église utilisait ce qui était arrivé à Ten pour prouver que Dieu détestait les gays. C'était exactement ce qu'affirmaient les pancartes. J'avais envie d'aller vers eux et de leur arracher des mains. Notre coéquipier n'était pas *juste* un joueur de hockey. Il n'était pas *juste* gay. Ces choses ne le définissaient pas. Il était humain et ils le privaient de son humanité. Stan alla à leur rencontre, mais Pete, notre vigile, était un mur de briques et il se servit de ses mots pour que le gardien russe l'écoute.

Les manifestants n'étaient plus là à la fin du match

puisqu'il y avait eu du grabuge. Des fans loyaux des Railers et même de l'équipe adverse avaient provoqué une rixe et la police avait fini par disperser tout le monde. Bien sûr, cela n'avait pas empêché l'équipe de télé en attente de capturer toutes les images. Les gros titres passèrent donc de «joueur de hockey blessé» à «joueur de hockey ouvertement gay blessé» en un instant.

— Tu peux me parler si tu veux, murmura Gatlin.

Il était en cuillère derrière moi, sa main posée sur ma taille, son souffle chatouillant mon cou à chaque expiration. Nous étions allongés ainsi depuis que j'étais revenu chez lui. Il m'avait jeté un coup d'œil et m'avait encouragé à aller au lit. Il ne m'avait pas posé une seule question, ni exigé que je lui explique pourquoi j'étais aussi silencieux.

— Je ne saurais pas quoi dire, lui répondis-je sincèrement.

Il déposa un baiser contre mon cou et se rapprocha de moi, remontant une couverture jusqu'à ma gorge.

— Je serai là, quand tu en auras envie, murmura-t-il.

J'étais heureux, ici, loin de la foule haineuse qui désirait que moi et les gens comme moi, brûlions en enfer. Et je n'avais pas non plus à songer que les Railers étaient brisés, actuellement. Mes yeux me brûlaient et mon cœur était douloureux. Je ne savais pas si je voulais pleurer, crier ou m'en prendre à l'injustice de ce qui était arrivé. Les perspectives n'étaient pas bonnes. Ten avait non seulement eu une fracture du crâne, qui avait causé un saignement interne, mais un gonflement appuyait sur sa colonne vertébrale. Il avait perdu la sensation dans ses jambes et personne ne pouvait dire quand il sortirait de l'hôpital.

— On peut aller voir Ten ? m'enquis-je.

Je me tortillais dans les bras de mon petit ami jusqu'à être face à lui.

— Quand tu veux.

Il eut l'air confus, se demandant peut-être pourquoi je posais une telle question.

— Maintenant. Je veux dire, genre, tout de suite. Je sais que Jared ne dort pas et il est là-bas. J'aimerais lui apporter quelque chose, du café, de la nourriture, n'importe quoi.

Je me rendis compte que j'avais l'air sur les nerfs et un peu trop désespéré d'avoir vu les Railers s'effondrer ce soir. Je sentais toujours que c'était uniquement ma faute. J'avais *besoin* de faire quelque chose pour effacer la terreur de mon esprit.

Je dus admettre que Gatlin ne cilla même pas. Il m'embrassa sur le nez, déposant un léger baiser, qui n'était qu'un rappel de ce que j'étais pour lui, et rejeta ensuite la couverture. Lorsqu'il eut enfilé son jean, il se retourna vers moi et se rendit compte que j'étais toujours au lit.

— Maintenant, ça me va, Bryan, déclara-t-il.

Avais-je attendu qu'il me le confirme ? Avais-je eu besoin de sa permission ? Nom de Dieu, j'étais tordu, non ? Totalement habillé, il partit chercher nos vestes et nos clés et bien trop tôt, nous arrivâmes au drive de McDonald's, récupérant de la nourriture et des cafés. À cause de l'attention des médias et du risque de plus en plus grand de divulgation, ce matin, ils avaient déplacé Ten dans un endroit sécurisé. Je ne connaissais pas les deux vigiles, mais ils me reconnurent.

Néanmoins, ils ne pouvaient pas me laisser passer. Ils disaient que j'étais sur la liste des personnes approuvées, mais qu'à minuit, le protocole exigeait de ne laisser personne entrer.

— Ce n'est rien, dis-je. Je voulais juste…

— Bryan, Gatlin.

Jared nous appela en sortant de l'hôpital, se frottant les yeux.

— Qu'est-ce qui ne va pas ?

— C'est nous qui devrions te poser la question, laissai-je échapper.

Je lui tendis le sac contenant les burgers. Il le prit et je lui donnai ensuite le café, et il se retrouva à jongler avec le tout.

— Pardon, m'excusai-je.

J'avançai pour reprendre quelque chose et un gobelet glissa de nos mains à tous les deux. Gatlin tâtonna pour empêcher que la situation se transforme en désastre absolu. *J'étais tellement maladroit.*

Je tremblais, intérieurement. Jared me regarda fixement comme si j'étais un idiot. Ou peut-être était-il confus ?

— Vous vous joignez à moi ? Les autres sont rentrés, la mère de Ten vient juste de partir. Le médecin est passé plus tôt et je pense que je suis en train de digérer ce qu'il a dit. Mais je tremble, même si je crois que c'est parce que je n'ai rien avalé de toute la journée. J'avais besoin d'air, mais j'aimerais vraiment que quelqu'un s'asseye avec moi et discute…

Il s'arrêta et secoua la tête.

— Pardon, je divague.

Il ne se rappelait pas quand il avait mangé ? En plus, je me demandais combien d'heures il avait dormi depuis l'accident. Il était morne et recroquevillé sur lui-même. Ce n'était plus l'homme fort qui réussissait à faire trembler une ligne de défenseurs sur leurs patins. Une chose me frappa alors. Il avait besoin que quelqu'un soit fort pour lui à ce moment. Il n'avait pas besoin d'un gamin névrosé dépassé par la culpabilité, mais d'un homme, et avec Gatlin à mes côtés, je pouvais être cette personne. Je le sentais profondément et ce fut comme un feu dans mes veines.

— On adorerait se joindre à toi, déclarai-je.

Gatlin me gratifia d'un coup dans le bras. J'aimais me dire qu'il était fier de moi. Bon sang, *j'étais* fier de moi.

Nous le suivîmes en passant à côté des vigiles, qui nous donnèrent des badges et nous firent entrer dans la petite antichambre avec une table et quelques chaises. Les murs étaient couleur crème, avec des tableaux de chaque côté et des fenêtres donnant sur un jardin privé. Il était illuminé grâce aux lumières de la pièce d'en face, qui était une sorte de cuisine. Jared se glissa dans le canapé le plus proche, en face de la porte, et je le regardai se détendre millimètre par millimètre dans les coussins mous. Il posa le sac de nourriture à côté de lui et se jeta sur le café comme s'il avait besoin de caféine plus que d'air.

— Je crois qu'il devrait se nourrir, dis-je à Gatlin qui acquiesça.

D'un mouvement fluide, digne de Ten lui-même, je réussis à prendre le gobelet des mains de Jared et à fouiller dans le sachet pour sortir un cheeseburger.

— Mange, exigeai-je.

Pendant un instant, je crus que le coach allait me contredire, mais il se saisit ensuite du burger emballé et retira le papier. Il mordit dedans comme s'il avait peur qu'il soit empoisonné, mais après avoir mâché pendant une seconde, il continua, déglutit et réussit à manger tout le sandwich et le deuxième que nous avions ajouté, juste au cas où. Il passa ensuite aux nuggets et aux frites. Jusqu'à ce que le sac soit vide. Il entrecoupa son festival de nourriture avec des gorgées de café et, finalement, il se rassit dans le canapé et ferma les yeux.

— Bon, ils ont relâché la pression du saignement et Ten recommence à sentir ses jambes, expliqua Jared après un moment de silence.

L'espoir gonfla en moi.

— C'est une bonne chose, n'est-ce pas ?

Je m'assis à côté de lui sur le canapé.

— N'est-ce pas ? répétai-je.

Il ouvrit les yeux et ils brillaient d'émotion

— Oui. Avec de la rééducation, de la thérapie, Dieu seul sait quoi, mais il va se lever de son lit à son propre rythme.

À mon avis, je ne m'étais jamais senti plus léger. Ten revenait.

— Il sera à nouveau sur des patins en moins de temps qu'il ne faut pour le dire.

J'en étais sûr.

Jared acquiesça lentement, mais il ne me répondit avec aucun sourire.

— Il n'arrive toujours pas à parler correctement et, parfois, quand il essaie de dire des choses simples, il bafouille. Les dégâts sont peut-être trop graves pour qu'il revienne sur la glace. Personne ne le sait.

Je tendis la main vers le coach, la posant brièvement sur son genou.

— Ten est jeune. C'est un battant.

Je jetai un coup d'œil à Gatlin, qui lui lança un sourire encourageant.

— Je suis convaincu qu'il reviendra bientôt.

Jared sourit également, même si cela ne se refléta pas dans ses yeux.

— Les flics sont venus, aujourd'hui, déclara-t-il.

Il le prononça si lentement que je dus faire un effort pour entendre.

Ils avaient pris ma déposition quant à ce qu'il s'était passé sur le toit, sur le genre d'homme qu'était Aarni Lankinen, mais qui pouvait savoir ce qu'il se passerait ensuite ?

— À propos de ce qu'il s'est passé sur la glace ?

— La vidéo est ambiguë, on ne voit pas si c'est Aarni qui a fait le plus de mal à Ten. Peu importe s'il l'a menacé. Selon leurs mots, c'est ça, le hockey.

— Nom de Dieu !

— Je comprends. Je ne sais simplement pas comment je vais…

Il se frotta les yeux.

— Écoute, rends-moi service, tiens les autres au courant de l'opération, dis-leur. J'en ai assez de raconter la même chose encore et encore.

Je tapai un message dans la discussion de groupe, mais le montrai à Jared avant d'appuyer sur envoyer.

L'opération de Ten s'est bien passée. Il sent ses jambes.

Je voulais ajouter que c'était une nouvelle fantastique, que j'étais empli d'espoir et que le coach avait mangé des burgers. Et que les flics étaient venus voir Ten. Je n'en fis rien. J'attendis juste que Jared acquiesce pour affirmer que le message était acceptable. J'appuyai ensuite sur envoyer. L'histoire avec Aarni, ce n'était pas à moi de la raconter et il y avait assez de conneries en ce moment pour que j'envenime la situation.

Aarni n'avait pas joué avec les Raptors, ce soir, il avait été laissé de côté. J'ignorais si c'était une punition de l'équipe ou non. Les journaux canadiens et américains en parlaient dans les gros titres de leurs pages sport et je savais que si nous étions en déplacement, les journalistes camperaient devant notre hôtel. Ten était la nouvelle génération de joueurs et il avait un potentiel de star. Visiblement, tout le monde était investi dans sa guérison, même en dehors de la communauté du hockey.

Mais ici, nous étions en paix et j'en étais ravi.

Jared se leva, s'étira, puis froissa tous les emballages ainsi que le sac avant de le jeter dans la poubelle.

— Merci, dit-il en atteignant la porte. J'en avais besoin.

— Ne t'inquiète pas.

Gatlin me prit la main et entrelaça nos doigts.

— Ça fait toujours du bien de manger, répliquai-je.

Il rit doucement.

— Je ne te remercie pas que pour la nourriture, Bryan. Ce ne sera jamais que pour la nourriture.

NOUS ÉTIONS À WASHINGTON, avec un match dans moins de huit heures, quand la nouvelle nous parvint du haut de la hiérarchie : Aarni avait reçu de la ligue une suspension de cinq matchs. Lorsque l'annonce du département de sécurité des joueurs de la NHL tomba après l'entraînement du matin, le coach Benning lut l'article de presse et l'atmosphère dans le vestiaire passa de fatiguée et énervée à véritablement furieuse.

— Cinq, répéta Adler avant de balancer ses gants dans son casier. Bordel, ils n'ont pas vu ce qu'il a fait ?

— Il y a plus que ça, poursuivit le coach.

Il leva la main pour nous faire taire et continua de lire la missive de la NHL.

— Lankinen a ajouté son propre commentaire.

— Putain de connard, cracha Connor.

— Je tue, cria Stan.

Il se leva, les poings serrés. Je voulais me tenir à côté de lui et jurer allégeance pour tout meurtre qu'il commettrait. Cinq matchs, ce n'était rien.

Le coach attendit que nous soyons à nouveau silencieux.

— C'était plus qu'une action négligente et imprudente. C'était insensé. Tennant Rowe était ouvertement vulnérable et, dans cette situation, j'ai laissé mes émotions prendre le dessus. Je suis en contact avec la famille de Rowe. J'ai décidé d'accepter la décision de la NHL et je ne ferai pas appel. Je n'ai plus de commentaire à faire à ce sujet.

Le bruit fut assourdissant, une cacophonie de jurons et de menaces. Pendant un long moment, le coach nous laissa faire.

Erik se plaça devant Stan, une main sur son torse, lui parlant. L'expression du gardien était féroce et déterminée. Je vis Connor se tenir silencieusement au milieu de la pièce, les poings serrés. Et pour moi ? La culpabilité était là. Ten et moi aurions dû dire quelque chose avant, quant à ce qui était arrivé sur le toit. Mais après tout, qui aurait pu arrêter ça ? Un par un, nous retombâmes dans le silence, jusqu'à ce que chacun d'entre nous soit de retour devant son casier réservé et tous les regards focalisés sur le coach. Et maintenant ?

— Le match de ce soir, poursuivit-il. Si Brady et Jamie Rowe peuvent recommencer à jouer pour leurs équipes, on peut se reprendre pour Ten. Nous tous. Il ne définit pas notre équipe, nous avons toute une pièce remplie de talents et il faut qu'on se secoue, qu'on en ait envie ou non. Si Ten était là, c'est ce qu'il dirait et vous le savez.

Les joueurs murmurèrent leur approbation, puis redevinrent silencieux.

— D'accord, alors. Washington est une équipe forte, déterminée et ils vont dévoiler leur meilleur jeu. Rentrez à l'hôtel, faites votre sieste d'avant-match, mangez des féculents, trouvez votre porte-bonheur, peu importe ce que c'est, effectuez vos rituels et ne revenez qu'avec l'intention de jouer le match comme il faut.

Il n'attendit pas l'approbation. Il se contenta de partir, les autres coachs se glissant derrière lui et refermant la porte. Nous étions seuls et tous les regards se braquèrent sur Connor.

Il fixa brièvement le plafond, avant de sourire.

— Je veux faire du mal à cet homme pour ce qu'il a fait à Ten. J'ai l'impression que notre équipe a été détruite ce soir-là. Je croyais que tout était fini. Quelle était l'utilité de continuer ?

Il marqua une pause, mais personne ne protesta. Il ne pouvait pas se tenir là, à nous dire simplement qu'il pensait que nous étions finis. Il croisa les bras sur son torse.

— Le truc, c'est que nous sommes toujours une équipe et perdre Ten est douloureux, mais on peut resserrer les rangs. Charlie, je sais que tu es dans une position merdique, au centre de la ligne de Ten, mais ce n'est pas *sa* ligne quand il n'est pas là. C'est la tienne.

— Oui, boss, répondit Martie « Charlie » Brown.

Il était au centre de la quatrième ligne depuis si

longtemps qu'être dans la première en face des meilleurs défenseurs allait être difficile.

— Les défenseurs, on doit se resserrer devant la cage. Wings, on a des trous sur toute la quatrième ligne qui doivent être comblés, et Gids ?

Gideon « Gids » Levesque leva les yeux, étonné. Le pauvre mec avait été rappelé des Rush pour combler le vide de la ligne et tous les autres avaient été bougés. Personne n'avait envie de prendre cette place quand la raison de son existence était si merdique. Il avait l'air d'un lapin constamment effrayé, mais son jeu, au moins, avait été plus consistant que le nôtre lors du dernier match.

— Capitaine ?

— La raison pour laquelle tu es là est navrante, mais tu mérites ta place et pendant le dernier match, tu as été solide. Continue.

Gids se redressa et repoussa les épaules en arrière.

— Oui, Capitaine.

— Stan, Bryan, vous êtes notre dernière défense, vous devez arrêter les palets s'ils vous parviennent. Stan, tu dois prendre les rênes pour moi, mon pote.

Stan marmonna quelque chose en russe et soupira ensuite bruyamment.

— J'attrape tous les palets. Je vais montrer vrai courage, annonça-t-il.

Il avait une concentration et une détermination absolue affichées sur son visage, mêlées à sa fureur.

— Pareil que Stan, suggérai-je.

Quelques-uns des mecs se mirent à rire, ce qui allégea la situation et permit à Connor de décroiser les bras et de se détendre légèrement.

— D'accord, déclara Connor en se frottant les mains.

Dormez, prenez des forces, faites vos rituels, trouvez vos gris-gris et revenez ici pour battre Washington. On est d'accord ?

J'ÉTAIS REMPLAÇANT pendant le match contre Washington et je pus regarder le duel, peu passionné. Nous jouâmes bien, nous étions concentrés et pas guidés par notre mauvaise humeur. Nous n'étions pas apathiques ou brisés. Quelques pancartes étaient levées devant les panneaux de protection, mais aucune d'entre elles n'était haineuse. Leur signification était absolument incompréhensible pour moi. Les fans nous soutenaient, nous permettaient de rester ensemble et nous aidaient comme une personne quelconque ne pourrait le comprendre. Et de nombreux spectateurs arboraient le maillot bleu des Railers sur leur siège.

Je savais précisément où Gatlin était assis, j'avançai jusqu'au Plexiglas et croisai son regard, tapant avec ma crosse avant de lui envoyer un baiser. Il l'attrapa avec un geste comique exagéré et fit semblant de le mettre dans sa poche.

J'étais tellement amoureux de cet homme que c'en était ridicule.

Le match était difficile, mais nous étions à égalité après deux périodes. Un but de chaque côté. Gids marqua son premier but en NHL quelques secondes après le début de la dernière période, gagnant un beau duel face à Washington. C'était de la poésie à regarder. Quand Gids passa devant moi et cogna mon poing, il hurlait de joie. Nous menâmes difficilement d'une courte tête et quand la sonnerie retentit, nous en eûmes fini. Nous avions gagné.

Nous en avions besoin.

Pour les attaquants qui s'étaient renforcés. Pour Gids avec son premier match dans la NHL. Pour Jared et ses défenseurs. Pour les entraîneurs qui nous avaient vus imploser et qui priaient pour que l'on s'en sorte. Et pour les fans qui méritaient la victoire.

Mais surtout pour Ten.

Chapter Quatorze

BRYAN ET MOI NOUS OCCUPÂMES DE LA DÉCORATION BÂCLÉE au-dessus de ma boutique pour Noël. Il accrocha des guirlandes et nous récupérâmes un faux sapin, déjà orné de sucres d'orge dorés, de minuscules boules en plastique dorées et d'horribles bonshommes en pain d'épice incrustés de paillettes. Ni l'un ni l'autre n'étaient d'humeur à fêter Noël, qui arrivait dans deux semaines. Tennant s'attardait continuellement dans nos esprits, comme c'était le cas avec tous les Railers, j'en étais convaincu.

Il avait pu sortir de l'hôpital, ce qui était une très bonne nouvelle, mais il n'était pas rentré chez lui. Les neurologues avaient été catégoriques : il devait passer du temps dans une clinique de rééducation pour traumatisés cérébraux à Hershey. Tennant n'en avait pas été ravi, mais entre sa mère, qui restait indéfiniment avec lui pour que Jared puisse repartir au travail, et son petit ami, le revêche jeune champion avait été obligé de donner une chance à l'institution. Deux semaines. Seulement quatorze jours, puis, si les thérapeutes et les médecins étaient d'accord, il pourrait rentrer chez lui et suivre sa rééducation en consultation externe. Il n'y aurait pas de hockey pour Tennant Rowe pour le reste de la saison, évidemment. Donc, désormais, nous allions tous prier pour qu'il se remette suffisamment afin de jouer l'année prochaine.

Nous avions prévu d'aller lui rendre visite au centre, demain. Bryan travaillait toujours sur la culpabilité horrible qu'il ressentait, ce qui était en partie la raison pour laquelle j'avais planifié une fête pour le dîner. Ses parents d'accueil et mes parents venaient manger, pour des retrouvailles en amont des vacances. Cela me rendait aussi nerveux qu'une puce le jour du bain.

— Cet arbre est triste, commenta Jess.

Je contournai ma table à peine décorée, tripotant tous les couverts pour m'assurer qu'ils étaient droits.

— Pourquoi les gens achètent de faux sapins ? Pourquoi pas un vrai ? Et pourquoi tu en as acheté un qui a été décoré sans aucun goût par quelqu'un d'autre ?

Elle prit un bonhomme en pain d'épice doré et pailleté par son bras tordu et le leva.

— C'est vraiment hideux.

Garrett me suivit de l'autre côté de la table, poussant légèrement les couverts sur la gauche.

— Tu veux bien arrêter de faire ça ? aboyai-je à mon frère.

Il haussa un sourcil. Je soufflai longuement.

— Pardon, pardon. Plus leur arrivée approche, plus je deviens fébrile.

— Fébrile n'est pas le mot que j'utiliserais, commenta mon frère.

Il bougea ensuite légèrement tous les verres à droite.

L'envie de m'en prendre à cet homme en costume trois-pièces luxueux fut écrasante.

— Je dirais plutôt névrosé, ajouta-t-il.

Je jetai un coup d'œil à Jess. Elle hocha la tête après la déclaration de son père sur mon comportement, puis elle lança le bonhomme en plain d'épice pailleté à Vaudou, nommé en hommage à la chanson de Black Sabbath. C'était le chat noir de l'allée que Bryan avait invité à entrer quelques jours plus tôt. Le chat s'était senti chez lui et avait commencé à dormir avec nous. Nous l'avions lavé deux fois avec du shampoing antipuces le jour où il avait emménagé. Tous les deux, nous avions des cicatrices de guerre provoquées par cet acte. Vaudou poussa la décoration sous le canapé, puis s'en alla, ennuyé par ce jeu, sa queue noire et fine levée.

— D'accord, oui. Je suis nerveux. Et quand je suis nerveux, je stresse. Et quand je stresse, je deviens…

— Névrosé, dirent Garrett et Jess en même temps.

J'avais une bonne réplique prête à être lancée quand j'entendis des pas dans les escaliers. Je claquai la main de Garrett sur le verre près de mon assiette. Je me précipitai ensuite vers la porte, mon estomac rempli d'acide sans doute à cause de mon comportement névrosé. Bryan me sourit lorsque j'ouvris la porte, laissant entrer les flocons de neige qui tombaient du ciel sombre de fin d'après-midi.

— On a croisé tes parents devant la boutique. Ils étaient garés derrière nous, m'informa Bryan.

Il me vola un rapide baiser et s'avança pour permettre à ceux qui le suivaient d'échapper au froid.

Pendant quelques longues secondes, je fus déconnecté du reste du monde. Ma mère et mon père entrèrent dans mon petit appartement. Maman secoua l'écharpe qu'elle avait enroulée autour de son cou, envoyant des cristaux de neige par terre. Son regard se posa ensuite sur le mien.

De tous les scénarios possibles que j'avais imaginés depuis que nous avions perdu Gina, je n'avais osé envisager ma mère et mon père chez moi. Pourtant ils étaient là. Et me contemplaient, les larmes aux yeux.

J'entendis vaguement Garrett s'éclaircir la gorge. Maman se mordait la lèvre inférieure, son regard rempli de chagrin. Je m'approchai d'elle, l'enlaçai, la tins et pleurai, tandis qu'elle en faisait de même. Mon frère et Jess firent un pas en avant. Je relâchai ma mère pour qu'elle puisse voir son aîné et étreindre la petite-fille qu'elle n'avait jamais rencontrée auparavant. Papa me serra la main, la bouche pincée et les yeux embués. Comme Garrett l'avait dit, nous n'avions jamais été démonstratifs, tous les sanglots et les gémissements de maman étaient probablement suffisants pour mon père, pour les vingt prochaines années.

— Vous nous avez manqué, les garçons, déclara papa d'une voix rauque.

Sa poigne se raffermit un instant avant qu'il recule pour laisser les parents d'accueil de Bryan se glisser vers moi pour une chaude étreinte. Daisy et George étaient des personnes extraordinaires, sociables et souriant facilement. Je comprenais pourquoi Bryan les aimait autant.

Le repas fut étrange. Dans le sens où il était irréel, pourtant, nous le vivions. Je savais que j'étais en train de le vivre parce que j'avais le goût du pain de viande, que je sentais les pommes de terre à l'ail, que je touchais le lourd plat de viande pour le passer à ma nièce et que je voyais ma famille assise en face de moi. Jess rattrapa le manque de conversation de ma part et de celle de Garrett.

J'intervenais de temps en temps, mais les années passées séparés, à être détesté, pesaient au-dessus de ma tête et le feraient encore pendant un bout de temps. Garrett, eh bien, c'était Garrett. Aussi sec que le Sahara, mais pas malpoli. Bryan continuait de me sourire maladroitement, son genou collé au mien sous la table. Dans l'ensemble, c'était, je l'espérais, l'ébauche d'une famille future.

Après le dessert, qui était un marbré rouge et blanc que ma nièce avait préparé, mes parents s'en allèrent, prétextant un vol tôt demain matin pour aller dans l'Arizona, rendre visite à ma tante pendant les fêtes. Bryan, mon frère et moi eûmes des poignées de main de la part de papa et un baiser sur la joue de maman. Jess fut étreinte et eut les pommettes pincées par sa grand-mère. Mon père l'enlaça juste brièvement avant de guider ma mère vers la porte.

Les parents de Bryan (je refusais de penser à eux comme sa famille d'accueil, puisqu'ils se comportaient comme de vrais parents avec lui) restèrent boire un café et discuter jusqu'à minuit. Bryan les raccompagna ensuite jusqu'à la chambre d'hôtel. Ils assisteraient au match de demain et retourneraient chez eux à cinq heures du matin le surlendemain.

Garrett et Jess restèrent pour m'aider à nettoyer, avant de partir, nous laissant seuls, Vaudou et moi. Je m'assis sur le canapé, mentalement éreinté, mais ressentant une certaine sensation de paix dans mon torse.

L'album *Overkill* de Motörhead tournait sur le lecteur. Le chat s'était allongé sur mes pieds, couverts de leurs chaussettes et relevés sur la table basse. J'avais une tasse de café, ainsi qu'une pile de courriers, à la fois le mien et le bordel que Bryan ramenait toujours à la maison. Je commençai donc à trier en attendant qu'il revienne. Évidemment, j'ignorais totalement où étaient mes lunettes de lecture et je détestais déranger le chat qui ronronnait, satisfait, sur mes pieds. Tenant l'enveloppe aussi loin que mes bras pouvaient s'étirer, je distinguai ce qui semblait être une adresse écrite à la main et Bryan en était le destinataire. Je vis que l'adresse du retour était la même que celle de devant, créant ainsi une boucle.

La posant sur le côté, j'ouvris mon propre courrier jusqu'à ce que mes yeux me brûlent à force de les plisser. Bryan arriva, les cheveux couverts de neige, environ dix minutes plus tard. Je m'étais peut-être assoupi, mais je ne l'admettrais jamais, s'il le demandait.

— Tu dormais ? s'enquit-il.

Il retira son manteau et enleva ses chaussures pour me rejoindre sur le canapé.

— Non.

— Tu ne sais pas mentir, répondit-il avec un doux sourire.

— Je regarde juste mes paupières pour vérifier qu'il n'y a pas de trous.

— Bien sûr.

Il caressa Vaudou, qui ronronna suffisamment longtemps pour concurrencer les performances vocales de Lemmy, puis il retomba contre le coussin. Je me frottai les yeux et bâillai.

— Où sont tes lunettes de vieux sexy ?

— Aucune idée.

Je laissai mes yeux se refermer, parce qu'ils étaient fatigués et Bryan était chaud, bien blotti contre moi. Il gigota légèrement. J'entendis ensuite le doux déchirement du papier, comprenant qu'il ouvrait une enveloppe. Le sommeil était en train de prendre le dessus quand il émit le bruit d'un animal blessé. J'obligeai mes paupières lasses à s'ouvrir et je tournai la tête dans sa direction. Sa mâchoire était serrée et sa bouche, pincée.

— Tu as encore fait exploser ta facture du câble ?

— C'est une lettre de mes parents.

Négligent et vaseux, à cause de la fatigue, je restai assis-là à me demander pourquoi ses parents lui écriraient alors qu'ils venaient le voir. Et qui rédigeait encore des lettres, franchement ? Bon sang, la prochaine génération ne saurait pas écrire en cursive à cause de l'invention des SMS.

— Oh, marmonnai-je en digérant ses paroles succinctes. Tes parents biologiques ?

C'était étrange de parler d'eux ainsi, puisque Bryan n'avait jamais été réellement abandonné ni officiellement adopté par Daisy et George, mais honnêtement, est-ce que les sceaux légaux et les papiers de justice désignaient qui nous aimions en tant que famille ? Non.

J'avais une centaine de questions sur le bout de la langue, mais je le laissai lire en silence. Enfin, ce fut aussi calme que possible avec Kilmister et sa bande sur le lecteur de vinyles.

— Merde, jura-t-il enfin.

Ses mots furent une explosion de sentiments sur un chuchotement tremblant.

— Ils ne vont pas me refaire ça.

Il déchira la lettre en deux, puis en quatre et en morceaux de plus en plus petits jusqu'à ce qu'il ne reste qu'une montagne de confettis sur la table basse que la fine queue de Vaudou balayait légèrement.

— Refaire quoi ?

Je posai une main sur sa nuque. Les cheveux courts étaient aussi doux qu'un ventre de chat. Je passai mes doigts sur les muscles tendus.

— Rien. Juste…

— Hé, tu n'as pas à me le dire si tu n'en as pas envie. Je comprends totalement à quel point c'est difficile de discuter des histoires de famille.

Mon Dieu, comme je le savais.

— Non, Mitch dit en thérapie qu'il faut qu'on parle des mauvaises choses.

Il souleva le chat de mes pieds et le plaça sous son menton. Il se laissa ensuite tomber en arrière sur le canapé. Le chat était aussi mou qu'un tapis mouillé sous les grandes mains de Bryan.

— Si on en parle, on fait tout sortir et on s'oblige à gérer le problème.

Pff. Gérer tous mes soucis prendrait des années. Je regardai fixement mon amant câlinant un vieux matou errant et je devais bien admettre qu'il faisait un travail prodigieux avec ses séances. Peut-être qu'il y avait effectivement un avantage à parler à un professionnel que je n'avais pas vu ou que j'avais refusé de reconnaître auparavant.

Je passai une main dans ses cheveux. Il aimait ça et réagit comme Vaudou le ferait quand on lui grattait le menton. Les rides de stress autour de sa bouche s'apaisèrent et je massai son crâne.

— Ils sont à court de fric, dit-il d'une voix basse.

Je me tournai sur le canapé pour lui faire face, ses doigts effaçant la tension.

— Depuis que je suis devenu pro, ils me contactent à l'occasion pour que je leur envoie de l'argent. Je crois qu'ils le dépensent pour payer des arnaqueurs… peut-être. Je ne sais pas. Ils disent que non, mais ouais, c'est vrai depuis un an ou deux. Je me sens coupable de ne pas les aider quand ils le demandent, mais je sais que je ne devrais pas le faire. Ils m'utilisent, non ?

Eh merde !

— Ouais, peut-être qu'ils t'utilisent, chéri.

Je pris doucement son visage en coupe, le rapprochant du mien. Je déposai un baiser sur sa tempe, inspirant l'odeur de son shampoing. J'aurais aimé avoir de meilleurs mots pour le réconforter.

— Par contre, leur comportement merdique ne t'incombe pas.

— Ouais, mais je continue de céder parce que je me dis que si je leur donne de l'argent, ils m'aimeront comme des parents le doivent.

Il s'inclina sur le côté, avec Vaudou, et s'allongea contre mon torse. Je les installai parfaitement. Bryan avait le dos contre ma poitrine et le chat était affalé sur sa gorge comme un manteau de vison noir agitant une queue.

— Toi et moi, on sait tous les deux que tu n'as aucun contrôle sur les autres.

Je caressai son visage, l'arrière de mes articulations passant sur sa mâchoire forte.

— Ouais, je sais.

J'admirai sa taille. Je souris en voyant ses longues jambes pendre sur l'accoudoir du canapé.

— Et on ne peut pas obliger nos parents à nous aimer plus que nous pouvons pousser les autres à nous aimer. C'est juste plus douloureux quand c'est notre famille qui s'en fout parce que… eh bien, ils font partie de notre famille.

— C'est vrai. Je n'ai pas vraiment besoin qu'ils s'inquiètent de mon âme. Elle est entre d'excellentes mains. Les mêmes qui tiennent mon cœur. *Tes* mains.

— Je t'adore.

Il fondit contre moi. Le vinyle s'acheva et le silence emplissait maintenant l'espace. Même le chat était figé, ses ronronnements se taisant alors qu'il plongeait dans un sommeil profond.

— Tu devrais envisager de parler à Mitch. Il est doué. Il m'aide vraiment.

— Je sais.

Waouh, c'était brutal.

— Simplement, je ne suis pas sûr d'être prêt à discuter de ça avec un inconnu. Je suis vieux, j'ai mes habitudes et…

— Et tu te trouves des excuses.

Ces gamins étaient malins. Jess avait dit la même chose deux jours plus tôt. En fait, elle nous avait étrillés, son père et moi, parce que nous enfouissions tout et le faisions au détriment de notre santé mentale.

— Oui, je me trouve des excuses.

Il inclina ma tête vers le haut et se pinça les lèvres. J'appuyai ma bouche contre la sienne pendant un moment. Vaudou tendit sa patte noire pour toucher mon menton.

J'imaginai ce qu'il était en train de se dire.

Hum, humains, s'il vous plaît, pas de bisous quand un félin parfait vous autorise à rendre hommage à sa grandeur, avec des caresses, des baisers et des petites croquettes.

Bryan gloussa doucement.

— Je crois qu'on devrait lui donner une friandise.

— Je refuse de me lever pour ça.

Je le dis avec un air aussi catégorique que possible.

— Mais je veux bien lui caresser le ventre.

— Les chats ne sont pas fans des caresses sur le ventre.

Je glissai ma main sous son t-shirt et remuai lentement ma paume sur son abdomen ferme.

— Mais toi oui, hein ?

Ma voix prit le côté rauque et sexy de celle de Sam Elliott.

Bryan acquiesça en fermant les yeux. Une vision assez obscène de mes doigts en train de se faufiler dans son pantalon apparaissait dans mon esprit quand le chat bondit sur la main que je bougeais sous le t-shirt de Bryan.

Cinq minutes plus tard, nous mettions du désinfectant sur ma peau et j'observais Bryan qui s'affairait sur les quatre coups de griffe profonds.

— Il est désolé, déclara-t-il.

Il déroula ensuite un pansement sur le trou numéro un.

— Il n'a pas l'air désolé.

— Peut-être qu'il a besoin de jouer avec un autre chat ?

Il releva ses yeux sensuels de son premier bandage. Je le fixai, sachant que si cet homme suggérait que nous achetions un éléphant pour que Vaudou joue avec, je lui en ramènerais un le lendemain.

— Tu sais, il est jeune et il doit se débarrasser de toute son énergie.

Son regard s'illumina d'une promesse sexuelle. Il prit ensuite une heure ou deux pour me montrer l'énergie qu'il possédait lui-même. C'est-à-dire, une grande quantité.

LE LENDEMAIN, après l'entraînement du matin, nous conduisîmes jusqu'à Hershey. Bryan avait été catégorique, il voulait voir Tennant et je n'allais pas le lui refuser… ni rien d'autre.

Le centre de rééducation étincelait. Il était nouveau et à la pointe, rempli de soignants souriants guidant ceux qui avaient subi de terribles blessures cérébrales dans les couloirs ensoleillés. En nous adressant à la réception, nous sûmes où nous pourrions trouver Tennant. Il était dans le solarium à l'ouest et nous devions suivre la ligne bleue, par terre.

Nous passâmes à côté de pièces dans lesquelles nous vîmes des piscines, des poids et tout genre d'équipement de rééducation. L'endroit était immaculé, le sol était poli, les murs d'un blanc brillant contrastaient avec des morceaux de papier peint jaune allant jusqu'au plafond.

Bryan nous guida, me tenant la main, jusqu'à ce que la ligne bleue se termine par un sol luisant dans une belle pièce remplie de plantes et de baies vitrées avec vue sur une grande pelouse. À une table, près d'une petite fontaine en pierres, se trouvaient Tennant, sa mère et Max Van Hellren. Je m'enthousiasmai comme un fan en apercevant la star retraitée assise devant un damier, en face de notre champion. J'avais toujours aimé la façon dont Max jouait au hockey. Nous traversâmes la pièce, slalomant avec précaution autour des thérapeutes et des familles rendant visite aux patients. Certains travaillaient avec de petites balles, d'autres écrivaient avec des stylos ou de la craie, tandis que certains essayaient de récupérer de petits objets qu'ils devaient ensuite placer dans des boîtes.

Tennant leva les yeux quand nous nous rapprochâmes de la table. Il nous lança un large sourire. Max inclina la tête afin de voir pourquoi son partenaire de jeu souriait. Il se leva et saisit la main de Bryan.

— Ravi de voir que quelqu'un a décidé de venir et de prendre son tour. J'en ai marre que ce gamin me botte le cul.

Max serra la main de Bryan, puis la mienne.

— Il raconte… euh… des conneries, déclara Ten d'une belle voix forte quoiqu'un peu inarticulée. Je l'ai battu… euh… peut-être… euh… deux fois ?

— C'est ça. Dis plutôt lors de cinq parties sur sept.

Max offrit sa chaise à Bryan, puis resta derrière madame Rowe, qui lisait un livre sur sa tablette.

— Dès que Ben revient du bureau du directeur, on s'en va. C'est bien de voir que l'équipe continue de penser à lui, me chuchota Max.

Mon petit ami prépara le plateau pour une autre partie. Le discours hésitant de Tennant était un signe que, même s'il allait mieux, il avait encore un très long chemin à parcourir.

— Il n'est jamais loin de nos pensées, crois-moi.

Madame Rowe nous regarda et nous sourit tristement. Max lui tapota l'épaule et leva les yeux pour voir Ben avancer vers nous. J'avais vu quelques photos d'eux, ensemble, depuis la retraite de Max. Sacrée vie de rêve, qu'il avait. Il habitait dans une ferme avec des animaux de basse-cour et autres bêtes sauvées.

— Désolé que ça ait pris si longtemps, dit Ben une fois que nous nous fûmes présentés. On espère prévoir une petite visite des animaux ou même demander aux patients de s'occuper des lapins qu'on vient juste de sauver.

— Ce serait génial, déclara Bryan.

Il attendait que Ten joue. Cela prit un moment au

champion et je voyais la frustration brûler dans son regard, puisqu'il avait constamment besoin de demander s'il pouvait bouger d'une certaine façon son roi.

— Ben, tu n'aurais pas des chats en manque de maison ? Un qui s'entend bien avec les autres.

Le beau petit ami de Max me sourit, comme si quelqu'un venait de lui tendre un ticket gagnant de la loterie.

— Bryan, laisse-moi te parler de tous les chats que nous avons et qui cherchent une bonne maison.

Il tira une chaise à côté de lui et mon homme arborait le visage de l'innocence pure. Max et moi échangeâmes un regard.

— Tu ferais aussi bien de t'asseoir, Gatlin, ça peut prendre un moment, annonça le joueur retraité avec un clin d'œil.

Je n'avais rien de prévu pour le reste de la journée et en voyant cet éclat dans les yeux de Bryan, l'heure passée à discuter de chats et de papiers d'adoption défila à toute vitesse. En quelque sorte. D'accord, pas vraiment, mais si cela rendait mon amant heureux, alors j'aurais pu rester assis là pendant un mois.

Epilogue

BRYAN

Il n'y avait pas deux façons d'en parler : les chatons avaient pris le contrôle de nos vies.

— Rappelle-moi pourquoi on en a adopté deux, marmonna Gatlin en extrayant les griffes de mon cou.

— Pour avoir de la compagnie.

Je récupérai Lemmy des bras tendus de mon compagnon.

Il secoua la tête quand la petite boule de poils se tortilla pour se libérer et se jeta à nouveau sur lui, utilisant cette fois-ci le maillot des Railers comme une échelle, s'accrochant au logo afin de grimper sur son épaule, où mon numéro était écrit. Gatlin le récupéra et le tint à une main, le minuscule chaton luttant contre ses doigts. J'aperçus le sourire sur son visage. Il pouvait faire semblant d'être énervé contre Lemmy et sa sœur, Fox, mais je l'avais surpris en train de dormir sur le canapé, hier, avec les deux chatons blottis contre son torse et ses mains les protégeant par réflexe.

— Allez, mon petit, murmura-t-il.

Il avança jusqu'à la buanderie que nous avions aménagée pour les chats. Fox avait trouvé un vieux casque de hockey et c'était là qu'elle dormait, ronflant confortablement à l'opposé de Lemmy. Si la petite dormait, mangeait et redormait, son frère était une terreur qui voulait s'impliquer dans tout ce que nous faisions.

Il me regardait dans la douche, depuis son panier, et je jurais avoir vu une détermination dans ses yeux qui m'avait poussé à m'assurer que la porte en verre était bien fermée. J'étais conscient qu'avoir un chaton en train de grimper sur mon corps nu ne figurait pas sur la liste des *événements agréables*.

Finalement, nous pûmes fermer la porte sur eux deux et ce fut le moment de partir pour la patinoire. Ce soir, nous jouions contre la Floride et j'étais titulaire. Jamie Rowe essaierait de me mettre des buts. J'aimais beaucoup le frère de Ten, tout comme Brady, mais bon sang, je n'allais pas laisser passer un seul de ses palets. Hors de question.

Nous étions à mi-chemin des escaliers quand je me rendis compte que j'avais oublié ma pièce porte-bonheur. Chaque joueur de hockey avait un gri-gri. Le mien était une pièce que Daisy m'avait donnée pour le bus, lors de mon premier jour dans ma famille d'accueil. Ma nouvelle *maman* voulait s'assurer que j'avais suffisamment d'argent et depuis, la pièce me suivait partout. C'était stupide, je le savais, mais bon, nous nous accrochions tous à des choses qui nous aidaient à nous sentir mieux.

— Je vais démarrer la voiture.

Il descendit les dernières marches. Il venait avec moi à

la patinoire, il avait sa place dans les gradins réservés aux familles et il était vite devenu ami avec la femme de Connor et les enfants. En fait, il était doué avec les gamins *et* les chatons. C'était un homme fait pour vivre en famille.

Lorsque je retournai dans l'appartement, mon portable sonna. Je m'étais habitué à le laisser là, puisque je m'étais rendu compte que le bruit qu'il émettait brisait ma concentration. Sachant que le téléphone déclenchait toujours des souvenirs d'Aarni et des Raptors, je travaillais sur ces problèmes.

Je ne fis pas exprès de le regarder, mais un coup d'œil à l'écran me permit de voir qu'il s'agissait d'Aarni et j'en fus bouleversé. Je réprimai mon envie de répondre instantanément, juste au cas où je l'énerverais si cela finissait sur messagerie. Ma pièce était là où je l'avais laissée, à côté de mon déodorant. Je la mis dans ma poche et repartis.

Seulement, mon portable sonna à nouveau.

Je le saisis et mon pouce plana au-dessus du bouton pour décrocher. Inconsciemment, j'appuyai la pulpe de mon doigt contre l'écran et entendis la voix d'Aarni.

— Tu réponds enfin à ton putain de téléphone ! cracha Aarni.

Je jetai l'appareil sur le plan de travail et le fixai du regard.

— Bryan ? Bryan !

Reculant, je ne pus détacher mes yeux de l'écran.

— Bryan, tu es là ?

Je tendis la main et mis l'appel sur haut-parleur.

— Je suis là, répondis-je.

— Bordel, Bryan. J'essayais de te joindre.

Je n'avais vu aucun appel manqué, donc ce n'était que la seconde fois et il était furieux que je n'aie pas répondu tout de suite. Une excuse arriva sur le bout de ma langue, mais je m'obligeai à la ravaler. J'en avais assez de m'excuser et de m'inquiéter quand il s'agissait de lui.

— Qu'est-ce que tu veux ? demandai-je à la place.

— C'est stupide. Tu as vu ce qu'il s'est passé. Je n'ai pas délibérément blessé ce salaud, mais ces putains de Railers refusent de laisser tomber. J'ai fait une déclaration. Qu'est-ce qu'ils veulent de plus ?

Je restai silencieux et cela jeta de l'huile sur le feu.

— Bordel de merde, Bryan, dis à ton connard de joueur de faire une déclaration aussi pour qu'on me lâche la grappe.

Ah. Donc voilà pourquoi il appelait.

Je sentis Gatlin à côté de moi. Il enroula sa main autour de la mienne, entrelaçant nos doigts. Il était tout pour moi. Ma force, mon amour, mon avenir et je n'aurais jamais cru pouvoir aimer quelqu'un aussi profondément que lui. Je ne me reposais pas sur lui pour mes décisions et je ne m'inquiétais pas de ce qu'il pensait. Je n'avais pas peur de mon ombre quand j'étais avec lui.

Il me rendait plus fort, rien qu'en étant dans ma vie.

— Bryan, tu m'écoutes ? Dis à Ten de faire déclaration.

Gatlin me serra la main et je lui jetai un coup d'œil, voyant la compassion et l'inquiétude dans son regard.

— Non.

Le mot fut simple. À mon avis, je n'avais jamais dit *non* à quelqu'un d'un ton aussi direct et avec autant de conviction.

— Bryan…

— Non, je ne vais pas dire à Ten de faire quoi que ce soit. Tu nous as menacés, lui et moi, et tu l'as intentionnellement amené vers ton patin avant de le laisser tomber. Tu voulais lui faire du mal, pas dans le feu de l'action, mais de façon délibérée.

— Conneries…

— Tu mérites tout ce qui te tombe dessus. Tu es vindicatif, menaçant, manipulateur et tu joues pour une équipe pourrie jusqu'à la moelle. Je jure que j'en ai fini avec toi.

Je tendis la main vers le téléphone, coupai mon ex au milieu de sa tirade et mis fin à l'appel.

Je restai là, en silence, pendant quelques instants, jusqu'à ce que Gatlin m'attire contre lui et que je me blottisse volontiers dans ses bras, appuyant ma joue contre son épaule et inhalant son odeur. J'attendis l'arrivée de la panique ou de la culpabilité, mais au lieu de ça, je me sentais plus léger.

— Je t'aime, murmurai-je.

Je resserrai ma prise sur lui.

Il me libéra puis utilisa le bout de son doigt pour incliner mon menton.

— Je t'aime encore plus, chuchota-t-il. Toujours.

Main dans la main, nous partîmes pour la patinoire et, bon sang, j'allais arrêter chaque tir vers mon but. Je le sentais jusque dans ma moelle.

J'étais invincible.

Quelle est la prochaine étape pour les Railers ?

Ryker (en français) (Owatonna 1)

Apprenez-en plus sur le fils de Jared, Ryker, et la guérison de Ten dans le premier tome d'Owatonna U. Hockey, *Ryker*, publié prochainement.

La suite pour les Railers : Ryker

Apprenez-en plus sur le fils de Jared, Ryker, et la guérison de Ten dans le premier tome d'Owatonna U. Hockey, *Ryker*, publié prochainement.

Ryker (Owatonna U. Hockey #1)

Ryker est la crème de la crème du hockey, Jacob est un pauvre garçon de la campagne. Deux personnes si différentes peuvent-elles trouver un terrain d'entente et devenir les hommes qu'ils veulent être ?

Ryker descend d'une longue lignée de hockeyeurs vainqueurs de championnat. Il s'entraîne dans ce sport pour développer son jeu, c'est là son seul but, et rien ne se mettra en travers de son chemin, alors qu'il travaille pour devenir le meilleur joueur possible. Il n'a pas de place pour une relation, pour ceux qui pointent ses défauts du doigt, ou ceux qui lui reprochent ses rêves. Il n'a certainement pas de place pour l'amour et rencontrer Jacob n'est qu'une distraction utile. Après tout, essayer de mettre son coéquipier des Owatonna Eagles dans son lit ne demande pas d'efforts, c'est plutôt amusant. Lorsque sa famille est frappée par la tragédie, sa vie charmante s'effrite et la seule personne vers qui il peut se tourner est la même que celle qui prétend l'aimer.

Jacob Benson n'a connu toute sa vie que le dur labeur et les valeurs conservatrices étouffantes. Né et élevé dans la petite communauté rurale d'Eden Crossing, dans le Minnesota, il est le fils unique de parents travailleurs, propriétaires d'une ferme. Ces quatre années à Owatonna U. seront probablement les seuls moments de son existence où il pourra profiter de la vie, être accepté pour sa sexualité et la dévoiler librement avant son retour inévitable à la ferme. Croiser un riche garçon comme Ryker Madsen étouffe son enthousiasme à l'idée de vivre loin de la maison. L'attitude lunatique, vaniteuse, et insouciante de Ryker lui tape sur les nerfs. Donc si ce jeune homme représente tout ce qu'il déteste, pourquoi ne veut-il rien d'autre qu'explorer les rêves immoraux que son coéquipier agaçant lui provoque toutes les nuits ?

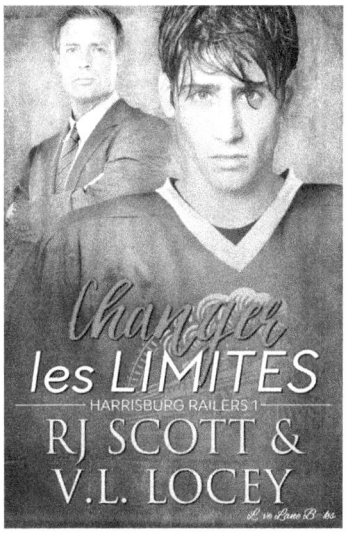

Changer Les Limites (Harrisburg Railers 1)

Tennant peut-il prouver à Jared que l'âge ne représente qu'un chiffre et que l'amour est tout ce qui compte ?

Les frères Rowe sont de célèbres têtes brûlées du hockey, mais en tant que le plus jeune du trio, Tennant a toujours dû jouer contre les réputations de ses frères. Afin de sortir de leurs ombres et refusant de tenir compte de leurs conseils, il accepte un transfert dans l'équipe des Harrisburg Railers, où il se retrouve face à Jared Madsen. Mads, un vieil ami de la famille et ancien coéquipier de son frère. Il se trouve être aussi le nouvel entraîneur de Tennant, et l'homme le plus sexy sur lequel il ait posé les yeux.

La carrière de Jared Madsen a tourné court à cause d'une défaillance de son cœur, et être coach lui permet de rester proche du jeu. Lorsque Ten intègre l'équipe, son monde soigneusement organisé se retrouve en plein chaos. De neuf ans son cadet et frère de son meilleur ami, il sait que Ten est totalement hors limites, pourtant dès qu'il voit ses mouvements, sur et hors de la glace, il sent que son cœur pourrait lui causer de nouveaux problèmes.

Changer Les Limites (Harrisburg Railers 1)

Saga Railers Hockey / Saga Owatonna U

coécrite avec RJ Scott

Également par RJ Scott

Pour obtenir la liste complète des ebooks et des liens, scanne le code ci-dessus ou visite le site: rjscott.co.uk/liste-de-livres

Également par VL Locey

Pour obtenir la liste complète des ebooks et des liens, scanne le code ci-dessus ou visite le site: vllocey.com/translations

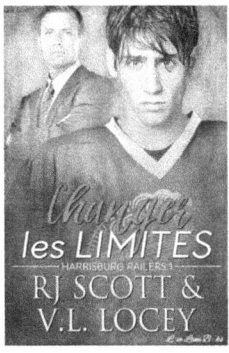

À Propos des Auteurs: RJ Scott

Le but de RJ Scott est d'écrire des histoires avec un cœur romantique, une route sinueuse pour atteindre le bonheur et surtout, ce soupçon de fin heureuse.

RJ est l'auteure de plus d'une centaine de romans publiés et est connue pour écrire des livres avec une fin heureuse.

Elle vit juste à l'extérieur de Londres et passe chaque minute où elle n'est pas avec sa famille à lire ou à écrire.

La dernière fois qu'elle a fait une pause d'écriture d'une semaine, elle a réellement détesté ça. Et elle doit encore trouver une bouteille de vin qui lui résistera.

——————

Website: www.rjscott.co.uk

Newsletter: rjscott.co.uk/NL-FR

——————

facebook.com/author.rjscott

x.com/Rjscott_author

instagram.com/rjscott_author

amazon.com/author/rj-scott

bookbub.com/authors/rj-scott

goodreads.com/rjscott

pinterest.com/rjscottauthor

À Propos des Auteurs: V.L. Locey

V.L. Locey aime porter des jeans usés, le yoga, les éclats de rire, marcher, lire et écrire des histoires puissantes, la mythologie grecque, les New York Rangers, les bandes dessinées et le café.

(Pas forcément dans cet ordre.)

Elle partage sa vie avec son mari, sa fille, un chien, deux chats, un tas de poules assorties et deux bœufs Jersey.

Lorsqu'elle n'écrit pas des romances épicées, elle aime passer sa journée avec sa ménagerie dans les collines de Pennsylvanie avec une tasse de café à la main.

———

Website: vllocey.com

Newsletter: vllocey.com/newsletter

———

facebook.com/124405447678452

x.com/vllocey

instagram.com/vl_locey

bookbub.com/authors/v-l-locey

goodreads.com/vllocey

pinterest.com/vllocey

amazon.com/author/vllocey